厄病神も神のうち

怪異名所巡り４

赤川次郎

集英社文庫

イラスト／南Q太
デザイン／小林満

目次

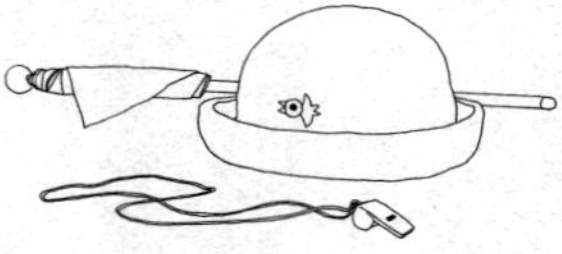

厄病神も神のうち

怪異名所巡り4

嘘つきは英雄の始まり

1　ミラーの中に

どこもかしこも真暗という中で、ポカッと真昼のように明るく、コンビニが見えてくると、嬉《うれ》しくなる。

「私も都会暮しに毒されてるのね」

と、町田藍《まちだあい》は呟《つぶや》いた。

でも、お腹《なか》が空《す》いていて、アパートへ帰っても冷蔵庫に冷凍食品の一つも入っていないと分っている、という状況では、目の前のコンビニは救いの神である。

大体、バスガイドがこんな時間に帰って来なきゃいけない、っていうのがおかしいのよ。そうよ！

目の前に社長の筒見《つつみ》がいたら、面と向って言ってやるのだが……。

今、時間は午前四時。——気温は一番下がる時刻で、冬でも都会はそう寒くないとはいえ、やはり時折吹く風は冷たい。

コンビニの自動扉が開いて、藍は中へ入った。

「——いらっしゃいませ」

レジの所でウトウトしていた男の子が、目を覚まして、もつれる舌で言った。

お弁当は？　——あそこだ。

藍は、もういくつも残っていないお弁当の棚から、一応まし、な中身のを選んで、レジへ持って行くと、

「温めて」

と言った。「その間に、他《ほか》の物を見てくるから」

「はい」

男の子は欠伸《あくび》しながら、その弁当を電子レンジに入れる。

さすがに、こんな時間、他には客がいない。

それでも、こうして店が開いているのは、二十四時間、人を置いて開けても、一応も、とが取れるからだろう。

「ええと……。牛乳がなかったわね」

店内用のカゴに牛乳のパックを入れる。見て歩いていると、「あれもなかった」「これも、もう少ししかない」と思い出して来る。

——町田藍は二十八歳の一人暮し。

バスガイドのプロと自任している。

以前は最大手の〈はと〉にいたのだが、リストラに遭い、今は弱小会社の〈すずめバス〉にいる。

待遇はともかく、困るのは社長の筒見が、やたらに妙なツアーを考え出すことで、今夜も、

〈デートしても目立たない、都心の穴場めぐり！〉

という、一歩間違えば「痴漢」と間違えられそうなツアーで午前三時まで働いていた。

それだけではない。町田藍の場合、普通のバスガイドにはない「特技」があって……。

藍は足を止めた。

こんなコンビニの中で、どうして？

突然、足下から冷たい空気が這《は》い上って来たように感じたのである。

振り向いてレジの方を見たが、あの男の子が欠伸しているのが見えるばかり。

どう見ても、あれは幽霊じゃないわね……。

町田藍は、並外れて霊感が強い。人に見えないものが見えることなど、珍しくない。

そして、今感じた冷気は、その前触れのように思えたのだ。

「早々に失礼しようっと」

手早く、お菓子の箱を一つ二つカゴへ入れると、レジの方へ。

何か、ポケットに入ってる？

足を止めて手で探ると――。

「嘘《うそ》でしょ!」

手に取った覚えのないチョコレートが一箱、ポケットに入っていた。

危うく万引きと疑われるところだ。

藍はちょっと棚の方を振り返ると、

「いたずらはよして!」

と、にらんでやった。

レジの男の子が目をパチクリさせて、

「どうかしましたか?」

「いえ、何でもないの。――お弁当、温まった?」

仕方ない。欲しくもないチョコレートをカゴに足して、支払いをする。

おつりを待っていると――。

コトン、と音がした。振り返ると、スナック菓子の箱が一つ、床に落ちている。

いやな予感がした。

「急いで」

と、藍はせかした。

「ええと……。二百五十三円のおつり――あ、いけね」

十円玉を落っことしている。

バタバタバタ。——スナック菓子の箱が次々に床へ落ちて来る。

「お待たせ——。あれ？」

「どうも」

おつりを引ったくるようにして財布へも入れずに、買った物を入れた袋をつかんでコンビニを飛び出す。
五、六歩行きかけると、ガラスに物がぶつかる音がした。
振り向いちゃだめ！　——分ってはいたのだが。

放《ほう》っては行けない。

振り返った藍の目に、コンビニ中の商品がガラスめがけて次々に飛んで来るのが見えた。お菓子だけではない。

コーラのペットボトル、パンの包みにカップラーメン……。

あらゆる物がガラスの方へ——つまりは藍の方へと飛んで来るのである。

このままではガラスが割れる！

「分った！」

と、藍は叫んだ。「分ったから、やめて！　逃げないから！」

すると、店の中はピタリと静かになった。

しかし、飛んで来た物は山のように床に積み上っている。

「もう……」

藍は仕方なくコンビニの中へ戻った。

「――どこにいるの？」

レジの所に、あの男の子の姿が見えない。

すると、こわごわ頭を出した男の子。

「あの……何だったんですか？」

「何でもないわ。ただのポルターガイストよ」

と、藍は言った。「散らかすけど、片付けちゃくれないわ。手伝うから、品物、棚へ戻しましょ」

「はあ……」

レジの男の子は呆然《ぼうぜん》として、品物が散乱する店内を見渡した……。


「こんなことって、あるんですね」

と、矢田《やだ》は言った。

矢田元《はじめ》。――レジにいた男の子の名前である。

品物を棚へ戻すのに、たっぷり一時間はかかり、その間、藍は男の子の名前を訊《き》いたのだった。

「大学生？」

「ええ。今、三年生です」

と、矢田はカップラーメンを拾い上げて、

「これ、中のめんがバラバラだ。売れないな」

「私が払うわ。だめな物は別にしてレジの所にでも置いといて」

「いいんですか？」

「仕方ないでしょ」

「すみません。助かります！」

矢田はピョコンと頭を下げて、「自分で落としたりして、時給から引かれると、困っちゃうんで」

「心配しないで」

と、藍は微笑《ほほえ》んだ。

少し頼りない感じではあるが、なかなか真面目《まじめ》そうな若者である。

「――でも、どうしてこんなことが？」

と、矢田は訊いた。

「さあ……。このお店に霊がついてるのかもしれない」

と、矢田が青くなる。「僕、週に三日、ここで夜明ししてるんですけど」

「今まで何もなかったんでしょ？　なら大丈夫よ。――たぶんね」

安請け合いは危い。

「じゃ、あなたが……」

「私、どうやら霊に好かれる体質らしいの」

と、藍は言って、「――何見てるの？」

「足、ありますよね」

「私は生身の人間！」

「すみません」

「この店で人が死んだとか、そんな話、聞いてる？」

「全然！」

と、矢田は首を振った。「僕まだここで働き始めて三か月ですもの」

「じゃ、分らないわね」

「今も……この中にいるんですか？」

と、こわごわ周囲を見回す。

「ええ、きっと――」

と、藍は言いかけて、「いたわ」

万引き防止用のミラーへ目をやると、女の子が一人、その中に立って、藍を見ていた。

「あなたね」

と、藍は言った。「私に何か話したいことがあるの？」

「ど、どこにいるんですか？」

矢田がキョロキョロと店の中を見渡す。

「あなたには見えないわ。大丈夫。騒がないで。霊は騒がしい所が嫌いなの」

「はい……」

矢田は床にしゃがみ込んでじっと口をつぐんだ。

藍は少女の姿をミラーの中に見ていた。

ミラーに映っているわけではない。店の中にいるのではないのだ。

少女はミラーの中にいるのである。

その少女は、せいぜい五つか六つに見えた。着古したカーディガン、しわのよったスカート。そして、汚れた運動靴……。

最近の子にはあまり見かけない服装である。

そこには「貧しさ」があった。——藍も、昔の写真や映画の中でしか知らない、貧しい家の子が、そこにいた。

そして、少女の目。

その目は静かな悲しみと諦《あきら》めを湛《たた》えて、藍を見つめていた……。

「――話したくないの？」

と、藍は言った。「私に、何かしてほしいことがあるんでしょ？」

少女は、藍の気持を探ろうとするかのように、ただじっと見つめていた。

「何も言うことがないんだったら、帰るわ」

と、藍は言った。「とても疲れてるの、私」

すると、少女が初めて口を開いた。

「行かないで」

と、少女は言った。

「ここにいるわ」

「私のこと、知ってる？」

と訊かれて、

「さあ……。たぶん初めて会うと思うけど」

「そう。――でも、見えるんだ」

「うん、見えるわよ」

「じゃあ、捜して」

「捜す？　誰《だれ》を？」

「私」

「あなたを？」

「私、どうして死んだか、憶《おぼ》えてないの。私が誰だったのかも」

と、少女は言った。「お願い、私を捜して……」

「でも、どうやって？」

と、藍は言った。「あなたは私にしか見えないのに」

「捜してくれる？」

「捜してあげたいわ」

「本当に？」

「ええ、本当よ」

「じゃあ……私、いつもここにいるわ」

「え？」

そのとき、矢田が悲鳴を上げた。

「あれですか？　あの女の子？」

藍はびっくりして、

「見えるの？」

と、矢田に訊いた。

「ええ、見えますよ！　あのミラーに映ってる子でしょ？」

藍は、ミラーの方へ目を戻した。女の子が、ちょっとはにかんだように笑った。

それは初めて見せた、子供らしい笑いだった……。

2　大騒ぎ

玄関のチャイムが鳴っていた。

「うるさいなあ……」

と、ブツクサ言いつつ、藍は起き出した。

時計を見ると、もう午後だ。いくら何でもそろそろ起きないと。

その間も、チャイムはうるさく鳴り続けている。――仕方ない。

着替えていたら時間がかかる。

たぶん、宅配の荷物だろう。デパートで買った毛布が届くころだ。

「ま、いいや」

別に裸でいるわけじゃない。パジャマを着て出ても、そう恥ずかしいこともあるまい。

「はい、ちょっと待って」

と、返事をしておいて、台所の引出しから印鑑を出すと、「はいはい」

玄関へ出て、サンダルを引っかけ、

「お待たせ……」

ドアを開けると——目の前には、ワッと人垣ができていて、藍の方にＴＶカメラやデジカメのレンズがいくつも向けられている。

そして、唖然《あぜん》としている藍を、一斉に撮り始めた。同時に何本もマイクが突きつけられて、

「幽霊は何て言ったんですか？」

「あなたと幽霊の関係は？」

と、口々に訊かれていたのである。

いっぺんに目は覚めたものの、頭の方はまだ回転し始めたばかり。

「あのー待って下さい！　そう言われても……」

と、藍は返事にならない返事をするばかりだったのである……。

「町田君！」

〈すずめバス〉の本社（といっても、支社はない）へ出勤すると、いきなり社長の筒見に呼ばれた。

「はい……」

もちろん筒見があのＴＶでの騒ぎを知らないわけがない。何を言われるのか、と覚悟して筒見の机の前に行く。

「お呼びですか」

「呼んだ」

大声で呼ばなくても充分聞こえる、小さな本社兼営業所である。

「あの……」

「君はいつうちを辞めたんだ？」

藍は面食らって、

「私……自分からは辞めていませんが。クビですか？　それとも――リストラですか」

これ以上社員が減ったら、会社がやって行けない。

「そんなことを言っとるんじゃない」

と、筒見は苦虫をかみ潰《つぶ》したような顔で、

「君がもし今でもうちの社員なら、なぜ、あんな風にＴＶでしゃべったんだ？」

「あれですか！　本当にひどいですよね。前もって電話の一本もなしに、突然押しかけて来るんですもの」

「しかも、肌も露《あら》わに……。君は恥ずかしくないのか！」

「肌も露わって……。ちゃんとパジャマを着てましたよ！」

「上から三つ目のボタンが外れていて、おへそが見えていた」

藍は呆《あき》れて、

「そんなことまでよく見てましたね」

「まあ、それはいい。しかし、あそこでもし君が〈すずめバス〉の制服でカメラにおさまっていれば、あるいはせめて、『話は私の勤める、皆さまの〈すずめバス〉の方へいらして下されば』とでも言えば、大いに我が社の宣伝になった」

「無茶言わないで下さい」

要するに、藍が一度も〈すずめバス〉の名を出さなかったのが気に入らないのだ。しかし、宣伝めいたことを言えば、当然カットして放映されるだろう。

「まあいいだろう。しかし、問題はそのコンビニだ」

「どこといって変ったところのない、ごく普通のコンビニですよ」

「しかし、幽霊が出るのは確かだ」

「ええ。――可哀《かわい》そうな子なんです。親のことも、さっぱり憶えていないんですから」

「今もその子は店の中のミラーに住んでるのか？」

「たぶん。――でも、一応一日中現われてるわけじゃなくて、暗くなってから、ということのようです」

「どうして分る？」

「本人がそう言いました」

「よし」

筒見は肯《うなず》いて、「この機会を逃すな！　早速今夜から、〈すずめバス特別ツアー〉の一回目だ」

筒見がこう出て来ることは予想していた。

「でも、あの子は自分の身許《みもと》を知りたがっているので……」

「いいじゃないか！　大いにＰＲしてやれば、何か手掛りが見付かるかもしれん」

「それはそうですが……。他のツアーにもついて行かないと……」

「今日から君はあの〈コンビニ幽霊〉の専属だ！」

「バスガイドで専属って変ですよ」

と、むだと知りつつ抵抗する。

「町田さん」

と、若いバスガイドの常田《つねた》エミがやって来て、「お客さん、待ってるわ」

「え？」

「いつもの〈幽霊ツアー〉の常連にな、直接電話して集めた」

と、筒見が平然と言った。

藍は何も言えなくなってしまったのである……。

そのコンビニの前は、人と車でごった返していた。

TV局の中継車まで来ていて、真昼のように明るい。

藍たちのバスも、コンビニの手前で停《とま》るしかなかった。

「――ここで降りて歩くしかないな」

と、ドライバーの君原《きみはら》が言った。

「いいわよ！　ほんの何分かでしょ」

と、張り切って、真先に席を立ったのは、いつも藍の〈幽霊ツアー〉に欠かさず参加している女子高校生、遠藤真由美《えんどうまゆみ》。

「待って。車が通らないか、様子を見るから」

と、藍は真由美を止めて、先にバスを降りる。

左右を見てから、

「大丈夫、降りて下さい」

と、声をかけた。

常連ばかり、藍ともすっかり顔なじみの面々で、三十人近くもいる。

「では、参ります。できるだけ固まって歩いて下さい。周りの野次馬の中を突っ切らないといけませんので」

藍は参加者にそう呼びかけて、〈すずめバス〉のマークの入った旗を掲げて歩き出した。

近くに行くと、あちこちでTV番組のキャスターやリポーターが生中継していたりして、にぎやかなこと。

誰かが藍に気付き、

「あのバスガイドだ！」

と、声を上げたから、藍たちはたちまち取材陣に囲まれてしまった。

「どいて下さい！」

と、藍は強い口調で言った。「今は〈すずめバス〉のバスガイドの仕事中です。ご質問にお答えしている暇はありません！」

藍が強引に人をかき分けてコンビニへと向う。

ツアーの参加者たちは、TVカメラなどを向けられて結構上機嫌。真由美なんか、カメラに向って「ピース」のサインなど出している。

藍がコンビニの中へ入ると、レジの所にいた矢田元が、

「町田さん！」

と、待ち構えていたように飛んで来た。「良かった！　助かりましたよ」

「どうしたの？」

コンビニの中は、

「買物客以外は入らないで下さい！」

という貼紙《はりがみ》もあって、そうひどく混雑しているわけではない。

「売上げが十倍にもなって、それはいいんですが、あのミラーの中の女の子が、あんまり客がカメラやケータイで写真を撮るので、腹立てたらしくて、消えちゃったんですよ」

「それは当然ね。――お願いします。差し当りは、写真の撮影は控えて下さい。私があの子と話をしますから」

今夜の客はみんな藍のことをよく知っていて、信頼している。すぐに了解して、手にしていたカメラをバッグの中へしまい込んだ。

「――今晩は」

と、藍はあのミラーへ向って呼びかけた。

「私よ。出て来てくれる？」

少し間があって、ミラーの中にあの少女が現われると、居合せた人々から、

「おお……」

という嘆声が洩《も》れた。

「うるさいんだよ」

と、少女は口を尖《とが》らした。

「分るわ。でもね、TVや新聞にあなたが出ないと、あなたのことを知ってる人が名のり出て来ないでしょ。少し我慢して」

「うん……」

と、不服げに、「じゃあ、お姉ちゃんのいるときだけね」

「分った。いいわよ」

と、藍は肯いて、「じゃ、表のTV局の人たちと話して来る。沢山《たくさん》カメラを入れるんじゃなくて、代表で一人か二人に入って撮ってもらうわ。でも、現実にそこにあなたがいるのを見てもらわないと信じてくれないかもしれない。何人か連れて戻って来るけど、消えたりしないでね」

「うん、分った」

少女は、ちょっと小首をかしげて、「その子は誰？」

と訊いた。

「遠藤真由美ちゃんよ。あなたの大ファン。じゃ、真由美ちゃんとお話ししてて」

「うん」

「真由美ちゃん、お願いね。すぐ戻って来るから」

「任せて！　感激だわ」

真由美は、羽根があったら天まで舞い上りそうだった。

藍はコンビニから出て、TV局のスタッフに声をかけ、「代表取材を」と申し入れた。

「――それは却《かえ》ってまずいんじゃないか」

と、キャスターの一人が言った。

「どうしてですか？」

「つまり……。君のことは知ってるし、僕はこれが何かのトリックだとは思わない。しかし、どの局もさっきから、自称〈トリック評論家〉を引張り出して、これは本当の心霊現象なんかではなく、簡単なトリックだと言わせている。これでカメラを一台に制限したりすれば、見破られるのを心配してるからだと言うだろう」

藍も、思いがけない話に唖然とした。

「私が嘘をついてるって言うんですか？　何のために？　私に何の得があるって言うんです」

「いや、君の気持は分るよ。しかしね……」

「できません」

と、藍は首を振って、「あの子と約束したんです。私がどう思われようと、約束を破れば、あの子は二度と現われないでしょう」

「人間以上に、幽霊は約束を大事にするんです」

と、藍が言ったときだった。

突然、サイレンが鳴って、パトカーが数台、コンビニの前に停った。

「――何事だ？」

TV局のスタッフがあわてて駆けつけて来る。

刑事がコートを翻《ひるがえ》してやって来ると、

「町田藍は？」

「私ですが」

「お前か。例の幽霊の映るというミラーはこのコンビニの中だな」

その居丈高《いたけだか》な調子に、藍はコンビニの入口へと駆けて行って、

「どうしようって言うんです！」

と、立ちはだかった。

「どけ！」

刑事が藍を押しのけて、コンビニの中へ入って、「全員、ここから退去しろ！」

と、怒鳴った。

「藍さん――」

「しかし――」

「真由美さん！　早く出て」

「出ない者は逮捕するぞ！」

コンビニの中へ警官が十人以上もなだれ込んで来ると、中にいたツアーの客や、矢田まで店の外へと引張り出す。

「やめて下さい！」

藍は抗議した。「一体どういうことなんですか！」

「幽霊が出るなどとでたらめを言って、世間を騒がせたな。これは立派に犯罪だぞ」

「でたらめじゃありません！」

「じゃ、幽霊はどこにいるんだ？」

「あのミラーです。でも、この騒ぎに怯《おび》えて隠れてしまいました」

「フン」

と、刑事は鼻で笑うと、「あれがそうか」

拳銃《けんじゆう》を抜くのを見て、藍はびっくりした。

「何をするんです！」

「うるさい！　おい、この女を押えてろ」

アッという間に藍は警官に腕をつかまれてしまう。

刑事は銃口をあのミラーへ向けると、

「たゝ、たりがあるかな」

と笑って、引金を引いた。

銃声と共に、ミラーが砕け散る。

「ひどいじゃありませんか！」

と、藍は声を震わせた。

「逮捕する。公務執行妨害だ」

藍の両手に手錠がかけられた。

コンビニから連行される藍に、ＴＶカメラが一斉に向けられた。

「――藍さん！」

真由美が駆け寄って来る。

「真由美さん。悪いけど、君原さんに事情を説明して、ちゃんとお客様を解散地点まで乗せて行って、と」

「藍さん――」

藍はアッという間にパトカーの中へ押し込まれていた。

コンビニの前の騒ぎは、当分おさまりそうもなかった……。

3　治安

誰かが部屋へ入って来た。

藍は、やっとの思いで顔を上げ、その男を見上げた。

「町田藍というのは君か」

刑事ではない。刑事にしてはスーツが立派過ぎる。

「あなたは？」

と、藍は言った。「自分から先に名のるのが礼儀です」

「おい！」

と、刑事が藍の頭をこづいた。「生意気言いやがって！」

男は笑って、

「いや、その通りだ」

と、向い合った椅子《いす》にかけると、「私は雨宮公行《あめみやきみゆき》だ」

藍は目をこすって、

「すみません……。丸一日近く眠ってないんで、目がかすんでるんです。――雨宮？

何だか大臣に似た名前の人がいませんでしたか？」

「この方が大臣だ！」

と、刑事がまた頭をはたく。

「やめなさい」

と、雨宮がたしなめた。「この子が何をしたと言うんだ？　人を傷つけたわけでもない。釈放してやれ」

「しかし――世間を騒がせました」

と、刑事は不服そうである。

「違います」

と、藍が必死に言った。「世間が勝手に騒いだんです」

「同じことだ」

「違います」

と、藍は首を振った。

「頑固な娘だ」

と、刑事も苦笑している。「雨宮大臣の直々《じきじき》のお言葉だ。帰っていい」

「どうも」

取調室を出た、までは憶えている。

しかし、藍は気が付くと、どこかのホテルの一室で寝ていたのである。

「――目が覚めたか」

と、声がした。

藍は起き上って、少しめまいがしたので、頭を振った。

「――ちょうど私も今来たところだ」

雨宮公行だ。

「じゃ、夢じゃなかったんですね」

と、藍は息をつく。

「君はちょうど――十五時間、眠っていた」

と、雨宮は腕時計を見た。

「そうですか……」

やっと目がはっきり見えるようになる。

よくTVで見る、人気政治家の顔がそこにあった。

「どうして雨宮さんのような偉い方が……」

「私は国の治安を守る役目を負っている」

と、雨宮は言った。「君のように、死んだ人間と話ができるというのは、今の世の中の秩序を乱す恐れがあるんだよ」

「それはおかしいです」

「そうかね?」

「今私たちが生きているのは、死んで行った人たちのおかげです。死んだ人間が邪魔だなんて、高慢というものです」

雨宮は、気を悪くする風もなく、

「君はなかなかしっかりした子だ」

「『子』はやめて下さい。二十八の女をつかまえて」

「確かにそうだね。ときに、お腹は空かないか? 良かったら、この下のレストランで夜食にしよう」

いいえ、と言いたかったが、藍のお腹の方が、大声で「空いてるぞ!」と訴えたのだった……。


深夜の三時だった。

二十四時間開いているレストランは、結構客でにぎわっている。

藍は、「ともかく早く出て来るもの」というので、カレーを頼んで、アッという間に平らげた。

「――生き返りました」

と、藍は息をついて、「でも、なぜ私は逮捕されたんですか」

「幽霊が見えるなんてことは、刑事から見れば詐欺《さぎ》同然のことなのさ」

「だって、占い師とか、色々いるじゃないですか。ＴＶでよく霊を呼び出してる……」

「そういう連中と君は違う。どうやら君は本物らしい」

「向うが私を見付けて呼ぶんです」

と、藍は言った。「みんな哀《かな》しい人たちなんです。放ってはおけないんです」

「分るよ」

雨宮は肯いて、「ときに――あのコンビニで見たという女の子の幽霊は誰なのか、分ったのかね？」

「いいえ。――当人も忘れています」

「どうしてだろう」

「分りませんけど……。何か、とても大きなショックを受けたんじゃないでしょうか。それですべてを忘れてしまった……」

「君なら、その女の子と話ができるのか」

「でも、もうあのミラーが壊れてしまいましたし」

と、首を振って、「何より、大人に裏切られたことで、心を閉ざしてしまっているでしょう」

「そうか。――ともかく一度行ってみよう」

「どこへですか？」

「そのコンビニさ」

と、雨宮は言った。「ＳＰ抜きでね」


雨宮自身の運転する車で、深夜の町を走る。――妙な気分だった。

「あれです」

コンビニは開いていた。――夜の中で、そこだけが明るい。

藍はホッとした。コンビニまで閉鎖させられているかと思ったのである。

しかし、あのときとは違い、車も人も見えない。

藍が入って行くと、レジで眠そうにしていた矢田がパッと目を開けて、

「町田さん！」

と、嬉しそうに立ち上った。「良かった！　釈放されたんですね」

「何とかね」

と、藍は肯いて、「クビにならなくて良かったわね。あなたまで巻き込まれて、大変だったでしょう」

「いや、僕なんか……。いらっしゃいませ」

矢田が雨宮を見て言った。

「矢田君、こちら大臣の雨宮公行さんよ」

「え？　――あ、本当だ」

矢田は目を見開いて、「ＴＶとそっくりだ」

「本人だもの」

「何か――お買物ですか？」

「いや、幽霊が出たというコンビニを一度見たくてね」

と、雨宮は言った。

「でも、もうミラーは壊されてしまいました」

と、藍が首を振る。

すると矢田が得意げに、

「町田さん！　見て下さいよ！」

と、指さした。

藍は、あの同じ場所にミラーが取り付けてあるのを見た。そして、それは……。

藍はそのミラーに近寄って見上げた。

「矢田君。これ……」

ミラーは新品ではなかった。テープでつぎはぎしてある。

「破片を拾い集めたんです。そして一晩かかって、できるだけ元のようにくっつけて……。僕、ジグソーパズルが昔から大好きで」

「凄《すご》いわ！　よく元通りにしたわね」

藍は舌を巻いた。

「だって、しゃくじゃありませんか。あんな風にいきなり発砲して。警察だからって、この店の財産を壊す権利なんかないですよ」

矢田の言葉に、藍は感心した。見かけで「頼りない男の子」と思っていたことを恥じた。

「すると、あのミラーに、その女の子が現われるのかね？」

と、雨宮が訊く。

「さあ、分りません」

と、矢田は首を振って、「僕しかいないんじゃ、現われないでしょう」

「私でもどうだか……。でも、呼んでみましょう」

と、藍は言って、雨宮へ「また逮捕されませんよね」

と、念を押した。

「ああ。僕が許可する」

と、雨宮も興味がある様子だ。

藍が、ミラーに向って呼びかけようとしたとき、

「あなた！　何をしてるの！」

と、声が飛んで来た。

コンビニへ入って来た女性が、厳しい目で雨宮をにらみつけていた。

4　過去

「さつき。――何しに来たんだ」

と、雨宮が言った。

「決ってるじゃないの。あなたに馬鹿《ばか》げた真似《まね》をさせないためよ」

雨宮の妻、さつき。――藍も、何度かＴＶニュースで、雨宮がオペラや歌舞伎《かぶき》に彼女を同伴しているのを見ていた。

「よくここが分ったな」

と、雨宮が言った。

「ちゃんと警察から連絡が来たわ。あなたがその嘘つき女を釈放させたって」

「さつき。大体、この店に刑事をよこして、ミラーを壊させたのもお前だそうだな」

と、雨宮は妻と向き合って、「どうしてそこまでやるんだ？」

「幽霊だ何だって、人がそんなものを信じるようになっていいって言うの？　しかも、天下の雨宮公行が、次の首相の第一候補が、そんなものを信じてると分ったらどうなる？ マスコミが飛びつくわ」

「いや、僕は、そんなものがあるかもしれないと思うよ」

「あなた！」

さつきは眉《まゆ》を上げて、「しっかりして！ そんな女に騙《だま》されるなんて！」

藍も黙っていられなくなって、

「待って下さい。奥様、私はご主人を騙したりしていません」

と進み出た。

「あんたは黙ってなさい！」

と、さつきは怒鳴った。「主人はね、国を動かす大事な人間なの。あんたなんか、口をきける相手じゃないわ」

「さつき、それは言い過ぎだぞ。我々政治家は国民のためにいるんだ」

「そんな子供みたいなこと言って！」

と、さつきは笑った。「あなたを大臣にしたのは私よ。分ってるでしょうね」

さつきは、有名な保守の大物政治家の孫娘である。その祖父が死んでからは、孫娘のさつきがその「権威」を受け継いでいる、と聞いたことがあった。

「しかし、一旦《いったん》政治家になれば、僕は国民のものだ」

「あなた、そんな女のために、将来を棒に振る気？」

「さつき――」

「私と一緒に帰るのよ！」

と、さつきは言った。「この店は閉鎖させるわ。理由は何とでもつけられる」

藍は店の外に人影を見ていた。

おそらく、刑事だろう。さつきが雨宮を連れ出せば、踏み込んで来て、また藍を逮捕するつもりなのだ。

「奥様」

と、藍は言った。「なにかご存知なんですね、あの女の子のことを」

「何を言い出すの」

と、冷ややかに、「私に幽霊の知り合いはいないわ」

そのとき、矢田がハッとして、

「町田さん！」

と、声を上げた。「ミラーに……」

藍はミラーを見上げた。

あの少女が、ミラーの中に立っている。

雨宮がミラーの方へ歩み出て、

「見えるぞ！　僕にも見える！」

と、目をみはった。

少女が、ふと目を上げて、誰かを見た。

そして、口を開いた。

「お母さん」

確かに少女はそう言ったのである。「お母さん。行かないで」

少女の目は、藍や雨宮の上を越えて、見ていた。——さつきを。

さつきは青ざめ、よろけるように後ずさって、

「やめて！　あんたのことなんか知らないわ！」

と、叫ぶように言った。

「お母さん……」

少女の哀切な声が、さつきを刃《やいば》のように貫くかのようで、さつきは床に倒れると、

「やめて！　もうやめて！」

と、両手で防ごうとするように、「私のせいじゃないわ！　私が悪いんじゃない！」

「さつき！」

雨宮が駆け寄って、かがみ込むと、

「あなた！」

と、さつきは夫にしがみつくように抱きついた。

「さつき。お前……。あの女の子はお前の子なのか?」

と、雨宮が訊くと、さつきは強く首を振って、

「違う!　そうじゃないわ」

と言った。

「しかし、君に向って『お母さん』と……」

「思い出したくないのよ。忘れてしまったつもりなのに……」

藍は、その二人の方へ歩み寄ると、

「分りました」

と言った。「奥様を見たとき、どこかで会ったことがある、と思いました。あのミラーの中の女の子は、奥様ご自身ですね」

さつきは目を上げて、藍を、そしてミラーの中の少女を見た。

「――ええ」

さつきの声は震えた。「あれは、私自身……」

「さつき――」

「母は――私を捨てたのよ」

「何だって?」

さつきは、雨宮から離れると、

「私の母は、有力な政治家の娘だった……」

と、床に座ったまま、言った。「でも、父親に反発して、貧しい学生と恋仲になったの。むろん、父親は怒って、母を家から追い出した。――私が生まれ、母はその学生と暮していたけど……」

「貧しい暮しに耐えられなかったんですね」

と、藍が言った。

「小さいころから、ぜいたくに慣れた母には、やはり無理だった。――私が五つになったころ、母は父親に呼び戻されて、男と別れ、家へ戻ったの」

「あなたを置いて？」

「――ここには、小さな雑貨屋があった……」

と、コンビニの店内を見回し、「私は、母が買物をしている間、店の品物を眺めていた。そこへ――車が停って、男たちが母へ、『お迎えに上りました』と言ったわ。母は一人で車に乗ろうとした。私は呼んだわ。『お母さん』と……。お店の人が、『お嬢ちゃんが』と言うと、母は振り向いて、冷たく言った。『知らない子だわ』と……」

――それで、あの少女の身なりが古いのも分る。

そのショックは、幼い少女の心をも閉ざしてしまったのだろう……。

「――母は、何ごともなかったように、家に戻って、父親の薦《すす》める男と結婚したの」

「じゃ君は……」

「ここにあった雑貨屋のご夫婦に子供がなかったので、私を手もとに置いて、可愛《かわい》がってくれたの。でも、それも長く続かなかった……」

「何があった？」

「嫁いだ母は流産して、それがもとで亡くなった。――私の祖父は、私がここにいることを知っていて、ただ一人の孫を自分の所へ連れて行った。――力ずくで、強引に。雑貨屋のご夫婦には大金を払って、ここを立ちのかせ、私のことを一切知らないことにさせたの」

さつきはミラーの方へ目をやった。

「母に捨てられ、雑貨屋のご夫婦とも引き離されて、私は子供のころの自分を、一旦殺してしまわなきゃならなかったの……」

「そんなことがあったのか」

「あなたの選挙運動で、たまたまここの前で車が停り、私はここがコンビニになっているのを知ったの」

「奥様……。あなたも見ていたんですね、ご自分の幽霊を」

「――ええ。この店内に入って、飲物を買ったとき、ミラーの中に……。昔の私がいた」

「そうか。それで、ここへ刑事をよこしてまで……」

「今の暮しを、昔の自分におびやかされるなんて！」

「でも、あの子は忘れていたのに、今、あなたを見て思い出したんです。何があったのか。――きっと、あなたが、自分を置いて行った母親に見えたんですよ」

さつきは夫に支えられて立ち上った。

「――私は母を許さなかった。でも、私も幼いころの自分を捨てたのね」

と、穏やかに言った。「許してちょうだい……」

「町田さん！」

と、矢田が言った。「あの子が――」

少女が笑っていた。子供らしく、屈託ない笑顔を見せていた。

「あの子も、今、母親を取り戻したんですよ」

と、藍が言った。

少女が、誰かに呼ばれたように、ミラーの奥を振り返ると、

「うん、今行く」

と言った。

そして、藍の方へ、

「バイバイ」

と、手を振り、ミラーの奥へと消えて行った。

「さつき……」

「もう大丈夫」

さつきは涙を拭《ぬぐ》うと、「小さいころの私は、母の所へ帰って行ったんだわ……」

「良かったですね」

と、藍は言った。「あなたがお母様のことを許してあげたからですよ」

「そうね……。長くかかったけど」

さつきは、夫の腕をしっかりとつかんで、

「帰りましょう、あなた」

と言った。


藍は、〈すずめバス〉の営業所のドアを開けて、中を覗《のぞ》き込んだ。

「何してる？」

と、筒見が気付いて言った。

「まだ私、ここの社員ですか？」

「当り前だ」

「でも――逮捕された時点でクビかと……」

「そんなことで辞めさせてたまるか」

と、筒見は言った。「夕方からのツアーは君の担当だ。早く仕度しろ」

「はい。――何のツアーでしたっけ？」

「決っとる。〈幽霊の出たコンビニで買物するツアー〉だ」

藍は目を丸くして、

「もう出ませんよ」

「だから、〈出た〉と過去形にしてある」

と、筒見は言った。

「そんな……。それじゃコンビニに行くだけじゃありませんか！」

詐欺で訴えられなきゃいいけど、と心配だったが、藍はともかく仕度をした。

――コンビニの矢田と相談して、あの壊れたミラーの破片を、一つずつ持って帰ってもらうことにして、結局、ツアーは無事に終ったのである。

それから数か月して、藍は雨宮夫妻に、四十を過ぎて初めて子供ができたことを、さつきからの手紙で知ったのだった……。

厄病神も神のうち

1　警告

「安くて、旨《うま》くて、量がある！　ね？」

と、遠藤真由美はニッコリ笑って言った。「私の言った通りでしょ？」

「――そうね。本当に」

町田藍は、いくら食べても減らないというふしぎな（？）スパゲティの「山」と格闘しながら肯《うなず》いた。「まだ出て来るのよね」

「ピザが凄《すご》いんですよ、また。直径五十センチ！」

ピザがあったか！

「で、その後がメインの肉料理」

町田藍は、つくづく、「現役女子高校生に付合って食事するもんじゃない！」と思い知らされた……。

確かに、そのイタリアンの店は、若い子たちで大繁盛していた。

〈すずめバス〉という弱小観光バス会社でバスガイドをしている町田藍。その「お得意様」の一人が、この十七歳のセーラー服の少女、遠藤真由美である。

「藍さん、夜、空いてる?」

と、真由美からケータイへ電話があったのは、ちょうど営業所(といっても一つしかない)へ戻ったところ。

「あのね、今夜、お父さんのおごりで食べるはずだったの。でもお父さん、急に仕事で。私、お金だけもらって。一人で食べるのつまんないし、おごるから、一緒に食べない?」

真由美はかなり余裕のある家の娘である。藍は、月給日まであと五日。お財布はかなり軽くなっていた……。

「じゃ、お言葉に甘えて……」

と、真由美の誘いに乗ったのは良かったが——。

「ここのピザ、おいしいのよ、チーズがたっぷりで」

目の前にデンと居座ったピザに、藍は思わずため息をついた。

「藍さん、遠慮しないで食べて」

「ええ、いただくわ。——ちょっと一息ついてからね」

二十八歳の藍も、決して小食とは思わないのだが、十七歳の食欲には、とうてい太刀打ちできなかった……。

幸せそうにピザをつまんでいる真由美を見ながら、藍はとりあえず水を一口飲んで——左右のテーブルへ目をやった。

何だか——奇妙な感覚。

え？　どうしてこんな所で？

藍は、人よりも「ちょっと霊感が強い」。

そのせいで、幽霊と会ってしまったりすることがあるのだが……。

でも、今感じたのは、それほど強い感覚ではなかった。ただ、どこか普通でない空気を——。

「分って欲しいんだ」

と、男が言っていた。「君にどことといって落度はない。君はよく働いてくれてるしね。しかし、君も分ってるだろうが、うちは社長がワンマンで……」

今まで気付かなかったのは、藍から斜め後ろという位置のテーブルだったからで、それに店の中に女子高校生の十人近いグループが二つも三つもいて、やたらうるさかったせいもあろう。

そのグループが二つ帰って行って、店の中が静かになり、そこの会話が聞こえるようになったのだ。

「まあ、食べて。ね？　ここ、若い子に人気あるんだって」

男は五十歳前後か、コロコロ太って、「運動不足のビール飲み過ぎ」の典型みたいなサラリーマン。

相手はスーツ姿のＯＬだろう、年齢はたぶん藍とそう変るまい。二十七、八というところか。

目の前に置かれたスパゲティにも、全く手をつけていない。

それはそうだろう。男の話を聞く限りでは、要するに、

「君はクビ」

と言っているのだから……。

「ともかく、社長がどうしても君のことを、『社にいてほしくない』とおっしゃるんだ。理由があってのことじゃないというんだが……。君も、そんなことじゃ納得できないだろうが……」

と言いながら、「さ、もったいないから食べて」

これじゃ、食べる気にはならないだろう。

しかし——藍がその女性に目をひかれたのは、そういう深刻な話のせいではない。

その女性が身の周りに漂わせている「空気」のせいである。

おそらく誰《だれ》も——話している相手の男はもちろんのこと——この場でそれに気付いている人間はいないだろう。藍以外には。

その女性の周囲を、何か冷え冷えとした透明な「膜」のようなものが包んでいた。それは目に見えるというより「感じる」もので、いわば「マイナスの場」とでもいうようなものだった。

藍の目には、その女性は「不幸を身にまとって見えた」のである。

「もちろん、ちゃんと退職金は払うよ」

と、男は続けた。「いや、規定に少しプラスしてもらおう。この件については、社長から何も言われちゃいないが、僕が責任を持って、配慮してもらうようにするよ。ああ、それとよその社への紹介状もつける。いや、うちよりもずっと給料が良くて、ちゃんと休みも取れる。僕の方が移りたいくらいだよ、ハハハ……」

と、わざとらしく笑って、

「ね、食べないと冷めるよ」

「やめた方がいいですよ」

と、その女性が言った。

「――え？」

「私をクビにしたら、きっと後悔します」

女性は、淡々とした調子で言った。「社長さんも、部長さん、あなたも」

「それは……どういう意味だい？」

「言った通りの意味です」

と、女性は言った。「部長さん。ご家族のことが大事でしょ。だったら、私のこと、今のままにしておくように、社長さんに話して下さい」

相手の「部長」の表情がこわばって、

「君――それは僕を脅《おど》してるのか？　君をクビにしたら、君が僕の家族に何かするとでも……」

「いいえ。私は何もしません」

と、女性は首を振って、「でも、きっと後悔しますよ」

「君ね、僕はもう五十歳だよ。君のような若い子に脅されて、気が変るとでも思ってるのか？」

「私は警告しただけです。後になって、『どうしてあのとき止めてくれなかった』って言われたくないですから」

女性の方は、あくまで冷静そのもの。むしろ、相手の「部長」の方が、

「妙な言いがかりはやめてもらおう。僕は君のためを思えばこそ――」

と、声を高くする。

「お話はそれだけですか」

と、女性は遮《さえぎ》って、「それなら、これで失礼します」

と、立ち上った。

「高杉君《たかすぎ》――」

「どれも口つけてませんから。召し上ったら？　もったいないですよ」

そう言って、女性は足早に店から出て行った。

「――藍さん、どうかしました？」

せっせと食べていた真由美は、藍が何に気を取られていたか、分っていない様子だった。

「何でもないの」

藍は、微笑《ほほえ》んで、「色んなお客がいて、面白いわね……」

と言った。

少しして、あのテーブルの方を振り向くと、あの「部長」が、やはりもったいないと思ったのか、一人でせっせと冷めたスパゲティを食べ始めていた……。

2　絶望

「皆様お疲れさまでした。バスはこれより都内へ戻り……」

と言いかけて、藍は言葉を切った。

「どうした？」

と、ハンドルを握っているドライバーの君原が訊《き》く。

「しゃべってもむだ。誰も起きてない」

すでに夜の十時過ぎ。ただでさえ、観光バスでは眠っている客が多いのに、今日はまた特別……。

「私も眠い」

と、藍はガイド用の席に座って、大きく息をついた。

「眠っていいぜ。起してやるよ」

と、君原は言った。

「ありがとう。でも、やっぱりバスガイドが居眠りしちゃね……」

藍は大欠伸《おおあくび》して、「――それにしても、こんな無茶なツアー、やめてほしい」

何しろ、コースの数や豪華さではとても大手にかなわない〈すずめバス〉。企画で勝負、という姿勢は分るのだが――。

〈お徳用！　一日で回る、六本木《ろっぽんぎ》―富士山―ディズニーランド〉

まるで何のポリシーもない。

それでも、物好きというか、二十人ほどの客が集まった。

しかし、みんなくたびれ果てているばかりで、自分が何を楽しみにこのツアーに参加したのかも忘れている様子だった……。

幸い、夜で道が空《す》いている。

「この分だと、予想より大分早く着くんじゃないかな」

と、君原が言った。

君原は「〈すずめバス〉にどうしてこんな二枚目が？」と、誰もが首をかしげる美青年。

藍とも気が合うが、同僚以上の仲ではなかった。

藍としては、君原の運転の腕を信頼している。それが何より大切だ。

――バスガイドが眠ってはいけない。

そう頭では思っていても、夜道をひたすら走り続けるバスの中、藍がついウトウトしていたのも無理はない。

しかし、それが却《かえ》って良かったのかもしれない。微妙な「信号」を受けやすい状態にあった、と言うこともできそうだ……。

――うん？　何か見える。何？

藍の目に、バスのライトに浮かび上る男の姿が――。男はバスの行手に立ちすくんで、逃げようともせずに、ライトの方へ向いていた。

そして、バスが迫ると、両手でまぶしげに顔を覆って――。

ガクン、とバスが男をひいたショックまで感じられて、藍はハッと目を覚ました。

夢？　今のは夢だった？

藍はバスが快調にスピードを上げて走り続ける、夜の道へと目をやった。そして、その瞬間に悟った。

あれは「予知夢」だ！

「君原さん！　ブレーキ！」

と、藍が叫んだ。

「え？」

「人が飛び込んで来る！　スピード落として！」

君原が、面食らいながらも藍の言葉通りにスピードを落としたのは、いくつも仕事をして来て、藍に特別な力が具《そな》わっていることを知っていたからだろう。

ガクンとスピードが落ちた、正にそのとき、ライトの中に、男の姿が浮かび上ったのだ。

「止めて！」

藍が叫ぶのと、君原が急ブレーキを踏むのと、同時だった。

バスは悲鳴のような音をたてて停《とま》った。乗客は一斉に前のめりに座席から落っこちて、目を覚ました。

しかし、男はバスからわずか十センチほどの所に立っていて、無事だった！

「申しわけありません！」

藍は、乗客に向って言った。「今、人をはねそうになったため、急ブレーキをかけました。おかげさまで、事故は避けられました！」

そう言われると、前の席の背におでこをぶつけたりしている乗客も、怒るに怒れず、

「まあ……良かったね」

などと言っている。

「少々お待ち下さい」

藍は、急いでバスを降りると、まだ呆然《ぼうぜん》と道に突っ立っている男の方へと駆け寄った。

「大丈夫ですか！」

と、わざと大声で怒鳴る。

ショックを与えなければいけないのだ。

「え？」

男は、フッとまるで眠りから覚めたように、

「どうかしたのか？」

「しっかりして！　バスにひかれるところですよ」

「ああ……。僕は——生きてるの？」

「ええ」

「そうか……。生きてるのか」

「死ぬつもりだったんですね」

「いや、そうじゃない」

と、否定しておいて、「——うん、やっぱりそうかな」

藍は、ちょっと首をかしげた。この男を、どこかで見たことがあるような気がしたのである。

「——このバス、どこ行き？」

と、男は言った。「家へ帰りたいんだけど、乗ってってっていいかね」

「これは観光バスですよ」

と、藍は苦笑して、「でも、置いてって別の車に飛び込まれても困りますしね。お客様がご承知下されば——」

そこまで言って、藍は突然思い出した。

「ああ！　あなた、『部長さん』でしょ」

遠藤真由美と、やたら量の多いイタリアンの店に入ったとき、女子社員に、

「辞めてくれ」

と話していた男だ。

「君……僕の会社にいた？」

と、相手はびっくりしている。

「そうじゃないです。——ともかく乗りましょう」

と、藍は促して言った……。


「そうか。あのとき、あの店にいたのかね、君は」

男は、坂東修一《ばんどうしゆういち》といった。

「相手の方、高杉さんとかいいました？」

「うん。——高杉百合江《ゆりえ》という女だ」

そう言って、坂東は身震いした。「名前を口にしただけでも、寒気がするよ」

「何かあったんですか？」

と、藍は言った。「もちろん、無理に伺うつもりはありませんけど」

「聞かせて下さいよ」

と言ったのは、バスの乗客。「どうせ時間はあるし、みんな目も覚めちゃった」

「そう。みんな、急ブレーキで、おでこをぶつけてるし」

「それに、そのガイドさんは幽霊を見るっていう、有名な人だ」

「お客様……」

と、藍はにらんだ。

「――いや。ご迷惑かけて」

と、坂東は言った。「お話ししましょう。あなた方の中にも、もしかするとあの女とこれから係《かかわ》り合いになる不運な方もおいでかもしれない」

バスは夜の道を走り続けていた。


高杉百合江は、坂東があの話をした翌日、辞表を出し、さっさと私物を持って社を去った。

正直、彼女が何かいやがらせでもするかと心配していた坂東はホッとした。

――坂東は〈N食品〉という会社の開発部長をつとめている。

大手企業というわけではないが、いくつか工場を持ち、一応TVCMなども放映している。

オーナー社長の国枝敏夫《くにえだとしお》は、わがままを言って周りを困らせもするが、仕事にかけては、時代の好みを先取りする感覚を持っていて、いい業績を上げていた。

その国枝が、百人以上いる社員の中で、特に目立つわけでもなかった高杉百合江をどうして「辞めさせろ」と言い出したのか、坂東にも分らない。

しかし、ともかく、

「あの女は会社に置いとけん」

と言って、坂東に話をつけろと命じたのである。

ともかく、高杉百合江は去り、二、三日もすると、誰もが彼女のことなど、思い出しもしなかった。

〈N食品〉は、新たに清涼飲料の分野に進出することになっていて、その仕事で、開発部は寝る間もないほど忙しかったのである。

誰も、高杉百合江のことを思い出すひまなどなかった……。

あの夜から半月後、新製品は店頭に並んだ。

むろん、それまでの努力——コンビニ、スーパーや駅の売店まで、新製品を置いてもらうための粘り強い努力あってのことだ。

坂東は、発売初日の売れ行きを見るまで、胃が痛かった。

結果は上々。——予想を上回る売れ行きで、方々のスーパーやコンビニから、

「もっと入れてくれ」

という注文があった。

坂東は、開発に当った部下たちと、その夜、乾杯した。

国枝も満足げだった。

「——良かったですね」

と、乗客の一人が言った。

「三日目まではね」

と、坂東は言った。「三日目の夜でした。――会社を出ようとすると、電話が鳴り出し……」

それはあるスーパーからだった。

新しい清涼飲料を飲んだ客から、

「子供が下痢をした」

という苦情が来たというのだ。

一件、二件なら、偶然だろう。

坂東も大して気にしなかった。

だが翌朝――坂東は七時ごろ叩《たた》き起された。

会社へ、方々のスーパー、コンビニから、同じ苦情が殺到しているというのだ。

青くなって、坂東は会社へ駆けつけた。

「ファックスが、用紙が足りなくなるほど来ていました。電話も鳴りっ放し……」

ともかく、すべての製品を回収した。

しかし、何度も社内で飲んで、成分に問題はないと分っている。

「どういうことだ！」

国枝の不機嫌は当然だった。

「ところが……」

と、坂東は藍の方へ弱々しい笑顔を見せて、「調べたところ、最終的な量産時に、コンピューターへの入力ミスで、成分の一つが一桁《ひとけた》多く入れられてしまってたんです」

「まあ……」

「毒じゃないのですが、大量に取ると、腸の弱い人はお腹《なか》を下すことがある。——ともかく、お詫《わ》びの広告、一人一人のお客への謝罪……。むろん、スーパー、コンビニも、うちの製品を置かないと言い出すし……」

「大損害ですね」

「悪夢のようでした」

と、坂東は肯いた。「清涼飲料への進出そのものを諦《あきら》めなくてはならず……」

「でも——それは高杉さんという女性のせいじゃないでしょう?」

「もちろんです。しかし……」

嵐《あらし》のような一週間が過ぎ、会社に泊り込んでいた坂東はやっと帰宅した。

タクシーで、家まで眠って行くつもりが——。

急ブレーキで、坂東は危うく座席から転がり落ちるところだった。

「おい!　どうしたっていうんだ」

と、運転手に怒鳴ると、

「お客さん……」

運転手の声は震えていた。「人を——はねたようです」

「何だって？」

外を見ると、もう家のすぐ近くまで来ている。

「救急車を呼びますから……」

「俺《おれ》はもう降りるよ。家はすぐそこだ」

疲れ切って、係り合いたくなかった。

料金を置いてタクシーを降りると、坂東は何も見ずに家の方へ歩き出した。

「助けて……」

かすかな、女の声がした。「痛い……」

坂東は聞かなかったことにして、足どりを速めた。

「——冷たいと思われるでしょうが、もうそのときは疲れ切っていて、一秒でも早く家へ帰って寝たかったんです」

と、坂東は言った。「全く知りませんでした。そのタクシーが、救急車も呼ばずに逃げてしまっていたことなど」

「まあ」

「しかも、はねられたのは、すぐ近所の奥さんで、そのときタクシーから降りたのが私だということも見ていたんです。——結局、通りがかった人に通報してもらい、病院へ運ばれたんですが……」

坂東はため息をついて、「骨折で済んだのは良かったんですが、私が気付いていながら助けようとも、通報しようともしなかった、と非難し始めたんです」

「事実だったんですね」

「確かに。しかし、当然タクシーの運転手が通報したものと思い込んでいたんで……。そのせいで、近所からは全く口もきいてもらえず……」

「不運でしたね」

「それで済んだわけじゃないんです」

と、坂東は言った。「娘が一人いるんですが、その子が急に大学で倒れて入院。家内は心労で寝込んでいます」

「大変でしたね」

「仕上げは今日です。——昼、社長に呼ばれ、こわごわ行ってみると、あの清涼飲料水の失敗で、メインバンクがうるさく言って来ている。誰かに責任を取らせないと——」

「で、あなたが？」

「失敗したのは工場の方なのに。——私は開発部長から、一工場の庶務課長ですよ。これじゃ、もう希望はない……」

バスは都心へ入っていた。

「どうします？　じき解散です」

と、君原が言った。

「お騒がせしました」

と、坂東は乗客たちへ頭を下げた。

「——坂東さん」

と、藍は言った。「お気持は分りますが、その高杉さんという人のせいにするのは……」

「しかしね、普通じゃ考えられない。そうだろ？」

バスが停り、坂東は降りて行った。

「お疲れさまでした」

と、乗客を送って、藍はそれでもなお不安だった。

あの坂東のことだ。——これ以上何もなければいいけど……。

3　仲介者

ホテルのラウンジに入って行くと、奥の席から若い娘が立ち上った。

「——町田藍さんですね」

「ええ。あなたが——」

「坂東充子《みつこ》です。この間は、父がご迷惑をかけて」

「それはいいんですけど。——充子さん、入院されたんじゃ？」

「ええ。でももういいんです」

と、坂東充子は言った。

「もしかして——心臓がお悪い？」

「ええ。よくお分りですね」

「お顔の色が……。大丈夫なんですか？」

「もともと、あまり丈夫じゃないんです。それがたまたまストレスで……」

「分ります」

藍は、とりあえずコーヒーを取って、少し飲んでから、

「それで、私にお話って？」

「父から聞きました。あなたのこと。週刊誌なんかに載った記事も読みました」

「あんまり本当にしないで下さい」

「でも、事実なんでしょ？　幽霊と話ができるって」

「いつもってわけじゃありません。そういうこともある、っていうだけで」

「それだって、凄いことですよね。——私、ぜひ町田さんに力になっていただきたいんです」

「でも、今回は幽霊は出て来てないんじゃ？」

「幽霊じゃありませんけど、人を不幸にする力を持ってるって、まともじゃありませんよね」

藍はちょっと座り直して、

「それ、お父様の話してらした、高杉百合江という人のことですね」

「ええ」

「言うなれば厄病神っていうわけですか。——でもね、新しい事業の失敗や、あなたやお母様の具合が悪くなったのは、どう見ても偶然です。誰かのせいにするのは間違いです」

「分っています。でも、本人が父にそう言ったんですから」

「知ってます。でも、理由もなく会社を辞めさせられたら、嫌味の一つも言いたくなりませんか」

「町田さん。——理由がなかったわけじゃないんです。父は知りませんでしたが」

「というと？」

「もう来るはずです」

と、充子は腕時計を見た。

すると――ホテルのロビーに人の叫び声がした。

正面玄関の、ガラス扉の向うで、人が走っている。

「何かしら？」

と、藍が腰を浮かすと、突然、ガラス扉を突き破って、車がロビーへ飛び込んで来た。

悲鳴が上る。――真赤なポルシェは、ロビーの真中まで進んで、チェックインカウンターの端にぶつかって、やっと停った。

「忠男《ただお》さん……」

と、充子は胸に手を当てて、何度も大きく息をついた。

「知ってる人？」

「ええ。――国枝忠男さんといって」

「国枝って……」

「〈N食品〉の社長の息子さんです。今、取締役をしています」

車から、若い男が這《は》い出して来た。

「忠男さん」

充子が駆け寄ると、

「畜生！　あの女の仕業だ！」

と、忠男は立ち上って、「急にブレーキがきかなくなったんだ！」

「けがは？　おでこをぶつけた？」

「大丈夫。——殺されるところだ」

充子は、そばへ来た藍の方を振り向いて、

「この方よ。町田藍さん。バスガイドの……」

「ああ、あんたか。頼むよ！　金はいくらでも出すからさ、あの女を退治してくれ！」

と、忠男は言った。

藍は呆《あき》れて言葉もなかった。


さびれたアパートだった。

凄く古いというほどでもないのだが、一歩足を踏み入れると、まるで〈お化け屋敷〉みたいだった。

藍は、一つ一つのドアを見て行った。

表札の入っている部屋が、ほとんどない。

「——何かご用？」

と、後ろから声をかけられた。

ショッピングカートを引いた、くたびれ切った印象の主婦である。

「高杉百合江さんのお部屋は……」

その名前を聞くと、その主婦はちょっと眉《まゆ》をひそめて、

「一番奥ですけど。――あの人に何の用？」

「いえ、ちょっと……」

一口ではとても説明できない。

「あの人を説得してくれない？　ここから出て行くように」

「高杉さんが、何か問題でも起したんですか？」

「どうして、こんなに部屋が空いてると思うの？」

と、主婦は苦笑して、「あんな厄病神のそばに住んだら、みんなひどい目に遭うのよ」

「そうですか。――でも、私はそういうお話をする立場では……」

「じゃ、どういう立場？」

アパートの入口に、高杉百合江が立っていた。主婦があわてて部屋へ入ってしまう。

ドアの鍵《かぎ》をかける音がした。

「突然お邪魔して」

と、藍は言った。

「いいえ。どうせ暇なの。退職金で暮してるから」

と、高杉百合江は言って、「ともかく、どうぞ」

藍は、一番奥の部屋へと案内された。

「上って下さい。殺風景な部屋ですけど」

中へ入って、藍はひんやりとした空気を感じた。それは自然の涼しさではなく、高杉百合江が身につけているものだった。

「――それで、ご用は？」

お茶を出して、高杉百合江は言った。

藍の話を聞いている間、百合江は無言で、顔には何の表情も表わさなかった。

そして、藍の話が途切れると、

「そんなことになってたの」

と、微笑んだ。「だから言ったのに」

「百合江さん。――こうお呼びしていいですか？　坂東さんの災難は、どこの人にも起り得ることです。あなたのせいじゃない、と私は思います」

と、藍は言った。

「それなら、あなたが来る必要ないわけでしょ」

「それは――」

「あなたも、幽霊を見る力があるなら、私のことだって、分ってるんじゃないの？」

「あなたは生きている、普通の人間ですよ」

「生きてはいるけど、『普通』じゃないわね」

と、百合江は肩をすくめて、「このアパートの住人たちも、ご主人が工事現場の穴に落ちて大けがしたり、ガス洩《も》れで、危うく中毒死しかけたり、子供さんをさらわれそうになったり……。みんな私を怖がって、出て行っているの」

「私は、あなたのせいだとは思いません」

「そう？」

百合江は冷ややかに笑って、「そういう人ほど、被害に遭うの。気を付けてね」

「せいぜい用心しましょう。でも百合江さん、国枝社長がなぜあなたをクビにしたんですか？」

百合江の顔に、初めて生々しい感情が現われた。

「あのドラ息子が、どういう気紛れか、私と付合いたいと言って来たの」

「それで？」

「私も——男の人と付合うなんて、初めてだったし、結構喜んでた。でも、あの社長がそれを知って……」

「それでクビに？」

それだけではないようだ、と藍は感じたが、百合江はそれ以上話さず、

「もう帰って」

と言った。「帰り道に用心して」

アパートを出たときは、もう外は暗くなっていた。

駅への道を辿《たど》りながら、藍は考え込んでいた。

――ああは言ったが、確かに百合江には「不幸」を招き寄せる力がある。

問題は百合江自身がそれを信じていることで、その影響力が更に大きくなっているということだ。

今のままでは、更に坂東や国枝の身に何かが起り、百合江の身も危険になる。

でも――私に何ができるかしら？

藍は考え込みながら歩いていた。

川沿いの道だった。

ふと、正面からやって来る車のライトに気付いた。

あのライト――真直ぐこっちへ向って来てない？

車は目の前に迫って来た……。

「藍さん！　どうしたの？」

玄関のドアが開いて、遠藤真由美が出て来ると、目を丸くした。「ずぶ濡《ぬ》れじゃないの！」

「ちょっ、い、と川に落ちて」

と、藍は言った。「お宅が近いことを思い出して。ご迷惑でしょうけど……」

「何言ってるの！　上って。服脱がないと風邪《かぜ》ひくわ」

藍は、真由美の家のお風呂《ふろ》に入って、やっと生き返った気持だった。

仕方がなかった。川へ飛び込まなければ、車にはねられて大けがか――死んでいたかもしれない。

「何とかしなきゃ……」

お風呂を出ると、真由美の下着や服を借りて、藍は温かい飲物をもらった。

「こんな可愛《かわい》い格好、恥ずかしい」

と、藍は苦笑した。「ごめんなさい。今日だけお借りするわ」

「そんなことはいいけど……。何があったの？」

問われて、藍は少し考え込んでいたが、

「――真由美さん」

と、顔を上げて、「人助けだと思って、力を貸してくれる？」

「幽霊を成仏《じょうぶつ》させるの？」

真由美も変な趣味があるのだ。

「そうじゃなくて、生きてる人間を救いたいのよ」

と、藍は言った。

4　不運巡り

「皆様ご紹介します！」

と、藍はツアーの客に向って言った。「〈不幸の女神〉高杉百合江さんです！」

バスの中に一斉に拍手が起った。

バスに乗り込んで来た百合江はびっくりして、

「こんなに参加者が？」

「ええ。ぜひ、あなたの〈厄病神〉ぶりを見たいと」

「物好きね！　――本当に、みんな不運なことに出食《でく》わしても知りませんよ」

「私たち、みんな『普通じゃないこと』に夢中なんです」

と、真由美がセーラー服姿で言った。

「そうそう。そのせいで自分がどうかなっても、文句なんか言いませんよ」

と、他の常連客の一人が言った。「何しろ、お化けにたたられたら、大喜びする連中ですからね」

「呆れた。――世の中には変った人がいるのね」

「ではバスを出します。君原さん」

バスが走り出した。

「どこへ行くの？」

と、百合江が訊く。

「あなたの〈厄病神〉ぶりを一番発揮できる所。〈N食品〉の本社を訪問します」

と、藍は言った。

百合江は一瞬絶句したが、すぐに笑顔になって、

「私は構わないけど……。でも、何が起っても知らないわよ」

と言った。

「ええ。何があっても、責任は私が取ります」

と、藍は言い切った。


すでに午後の仕事が始まっている時間だった。

バスが〈N食品〉の本社の入ったビルの前へつけると、すぐ目の前に黒塗りの大型車が停った。

「まあ」

と、バスの中から覗《のぞ》いて、百合江が言った。

「いいタイミング。あれは社長の国枝の車だわ」

「お約束はありませんので、ここでお会いできたら、好都合ですね」

と、藍は言った。

「あちらはそう思わないでしょうね」

藍がバスから降りると、目の前の大型車から、苦虫をかみつぶしたような顔の男が降りて来て、ビルへ入ろうとした。後ろから秘書らしい若い男が鞄《かばん》を抱えてついて行く。

「国枝さん、お待ち下さい」

と、藍は声をかけた。

「何だ、君は？」

「〈すずめバス〉のガイド、町田藍と申します」

「〈すずめ〉がどうしたって？」

秘書の青年が、

「社長はお忙しいんだ！」

と、藍を押し戻そうとした。

「国枝社長にぜひ許可していただきたいんです」

「許す？　何のことだ」

「〈N食品〉本社内の見学です。高杉百合江さんと共に」

国枝は、バスから降りて来た高杉百合江を見て、青くなった。

「今さら用はない！　お前は〈N食品〉を辞めたはずだ！」

と怒鳴ったが、明らかに動揺している。

「なぜ高杉さんをクビになさったんです？　後ろめたいことがなければ、別に会社の中へ入っても構わないのでは？」

と、藍は言って、「社長さんより、そちらの秘書の方が真青になっておられるのは、どうしてですか？」

「誰が青くなってなんか……」

秘書の青年は明らかに怯《おび》えている。「社長、中へ入りましょう！」

と、秘書がビルの入口へと小走りに急ぐと、頭上から、

「危い！」

という声がした。

秘書の目の前、数センチの所に、鉄のパイプが落ちて来てはね返った。

「ワッ！」

秘書は尻《しり》もちをついた。

「大丈夫ですか！」

ヘルメットをかぶった作業服姿の男が飛んで来た。「今、外壁の修理中で……」

ビルのずっと高い壁面にゴンドラが下りていて、パイプはそこから落ちたらしい。

「危うく死ぬところだぞ！」

と、秘書はヒステリックに叫んだ。

「危い目に遭う心当りでも？」

と、藍が訊く。

「知るか！――畜生！　その女のせいだぞ！」

「変ですね。国枝さんの上に落ちるのなら分りますけど、なぜ秘書のあなたの上に？」

「僕は何も……」

と、秘書が口ごもる。

そのとき、ビルから駆け出して来た男がいた。

「社長！　大変です！」

あわてふためいている。

「何だ。どうした？」

「さっき、K工場から連絡があって、あそこでここ一か月ほどの間に作ったマヨネーズに卵の殻が――」

「何だと？」

「至急回収したいので、許可を下さいと……」

「何をしてるんだ！　何とかごまかせないのか！」

「消費者センターへ何件も苦情が来ているそうで……」

「いつの話だ？」

「一週間前からだそうです」

「なぜそのときに知らせない！」

「それが……。現場で何とかしようとしていたらしく……」

「馬鹿者《ばかもの》め！」

国枝は真赤になって怒っていたが、高杉百合江の方を振り向いて、「これもお前の仕業か！」

「違いますよ」

と、藍は言った。「どこでも、そういう事故はあるでしょう。でも、それを隠そうとしたのは、社長さん、あなたが言いにくい雰囲気を作っていたからです」

「やかましい！」

国枝はビルの中へと大股《おおまた》に入って行く。

藍はバスから降りて、興味津々《しんしん》で成り行きを眺めていた参加者たちの方へ、

「では皆さん。〈N食品〉本社へお邪魔しましょう」

と、にこやかに言った。

――〈N食品〉の受付で、藍たちは止められた。

「お帰りいただくよう、申しつけられておりますので」

と、受付の女性が困り切った様子で言った。

「帰らないなら、力ずくででも叩き出してやるぞ！」

と、ワイシャツを腕まくりした、がっしりした体つきの男性社員が立ちはだかる。

「暴力なんか振るったら、ただでさえお詫び広告を出さなきゃいけない状況なのに、まずくありませんか？」

と、藍が言い返す。

「どうしたんだ？」

と、出て来たのは、国枝の息子、忠男だった。「――何だ、百合江か」

「そうだったのね……」

百合江は、顔をこわばらせていた。「今思い当った。――あのとき、私を襲ったのは、この社内の男の人たちだったのね」

「何の話だ？」

「百合江さん……」

「私、社長から『息子と付合うな』と言われて、すぐには返事ができず、その日の帰り道で、数人の男に襲われたんです」

と、百合江は言った。「いきなり目かくしをされて……。男たちにレイプされました。まさか、社長がやらせたなんて……」

「百合江。――本当か？」

忠男は愕然《がくぜん》として、「お前もその一人か」

と、腕まくりした社員の方を振り返った。

「違います！　そんなこと――」

と、後ずさって、受付のショーケースにぶつかって、派手に足を滑らして引っくり返った。

その拍子にガラスに手を突き、割れたガラスで手を切った。血が流れ、悲鳴を上げる。

「それは自業自得というのよ」

と、藍は言った。「百合江さんの力じゃないわ」

「百合江……。俺は知らなかった」

と、忠男は言った。

「いいんです。もうあなたは坂東さんの娘さんとお付合いしてるんでしょ」

「ああ。しかし――」

「あなたを取り戻したいなんて思わない。でも、あなたを諦めさせるために、あんなひどいことをさせた社長が許せない」

「百合江……」

忠男も一言もない様子だった。

「待て」

国枝が奥から出て来た。

「お父さん。今の話――」

「お前のせいだ！」

国枝が百合江をにらんで、「株価が急落している。銀行も見離すと言って来た。お前が厄病神なんだ！」

国枝が、受付のカウンターの傍《かたわ》らに置かれたテーブルから重い灰皿を取り上げると、百合江に向って振りかざした。

「お父さん！」

忠男が割って入った。

国枝の手は止らなかった。灰皿が忠男の額を一撃し、血が飛び散った。

「忠男さん！」

と、百合江が忠男を支える。

「百合江……。ごめん……」

額から血を流しながら、忠男が床にズルズルと崩れ落ちた。

国枝が呆然と立ち尽くしている。

「ああ……。私のせいだわ。――私のせいでこんな……」

と、百合江が泣きながら言った。

「違いますよ」

と、真由美が進み出て来て、「泣いてちゃだめ！　その人はあなたを守ってけがしたんだもの。本人は満足ですよ。でしょ？」

忠男が顔をひきつらせてニヤリと笑うと、

「まあね……。痛いけど」

「今、救急車を呼びました」

と、藍は言った。「命にかかわるようなことはありませんよ」

「ありがとう……。お願いだ」

「え？」

「これは……僕が転んでけがしたことにしてくれないか」

と、忠男は言った。「親父《おやじ》がいなくなったら……会社は潰《つぶ》れる。社員や家族がみんな困るんだ。――頼む」

国枝は青ざめて立ちすくんでいた。

「百合江さん、どうします?」

と、藍が訊くと、百合江は立ち上って、

「忠男さんの願いなら……。でも、代りに——」

と言うと、拳《こぶし》を固めて、国枝の顔を一撃した。

国枝が尻もちをつく。——百合江は手をブルブルッと振って、

「厄病神の本性はこんなもんじゃないわよ!」

と、国枝をにらみつけた。

救急車に忠男が運び込まれ、

「私、ついて行くわ」

と、百合江が言った。「町田さん。——ありがとう」

「いいえ。——百合江さん。あなたの負っていた影が消えましたよ」

「本当に?」

「誰かに必要とされているって気持があれば、それでいいんです。もうあなたは厄病神なんかじゃないわ」

百合江はニッコリ笑って、救急車に乗り込んだ。

「――さて」

藍は救急車を見送って、「困ったわ。今日のツアー、どうしよう、これから？」

「大丈夫よ」

真由美が藍の腕を取って、「藍さんさえいれば、きっとどこかから幽霊が現われる」

「やめてよ！」

藍は苦笑して、バスの方へと歩き出したのだった……。

哀しいほどに愛おしく

1　再会

〈通り抜け禁止〉

とあれば、誰《だれ》でも通ってみたくなるというものだ。

永田公郎《ながたきみお》の場合は、単なる好奇心でなく、実際その公園を抜けて行った方が、ずっと早く帰宅できたからである。

もちろん、夜中のそんな時間に、公園に人がいるなどとは、考えたこともなかった。

――まずい。

とっさに、永田公郎は引き返そうとした。

そのまま進めば、その数人の男たちと口をきかないわけにいかなくなる。

引き返せば、何とか――。

しかし、それは空《むな》しい望みだった。

「おい、待て!」

と、一人が呼び止めた。

「あの――僕のこと？」

と、公郎は言った。

「他に誰がいるか」

「まあ……そうだね」

「見たな」

「いや、別に……」

「見ただろう」

「見たと言うか、見えたと言うか……。でも、誰にも言わないよ！」

ちょっとくたびれたジャンパーをはおった男たちは、白い粉と金を交換していた。あの粉は、どう考えても小麦粉やベビーパウダーではない。

「見られたのはまずいぜ」

「やっちまえ」

まだ二十歳そこそこだろう。五人いる。

逃げるにしても、相手の方が若い。

「頼むよ。乱暴はやめてくれ」

まだ危険が実感できない公郎は、何だかいやに落ちついていた。

すると――一人がナイフを取り出した。

目の前で、白い刃が光った。公郎は初めて青ざめた。

「おい、何を――」

と言いかけると、ナイフが切りつけて来た。

思わず身を引いて、腕を防ぐように上げる。

腕に痛みが走った。切りつけたナイフの刃が、左腕を傷つけていた。

「やめてくれ！」

と、公郎は震える声で言った。「お願いだ……。もう、これで――これで充分じゃないか」

「黙らせなきゃな」

男たち一人一人がナイフを取り出した。

おそらくクスリをやっている者もいるのだ。

取引きの現場を見たというだけで、人殺しまでするかどうか。――普通ではない。

逃げるにはすでに遅く、公郎は囲まれていた。

畜生！　どういうことだ！

冷や汗が、背中を伝い落ちる。こんな所で死にたくない！

俺《おれ》はもうすぐ結婚する身なんだ！

そう叫びたかったが、声が出ない。

そのときだった。

「公郎ちゃん、どうしたの？」

と、声がして、いつの間にか、白い着物の婦人が立っている。

「――え？」

公郎は、一瞬怖さを忘れて唖然《あぜん》とした。「母さん？」

男たちは振り向いて、

「何だよ、おばさん」

と、一人が言った。「こんな所で何してんだ？」

「あなたたちこそ、もっと真面目《まじめ》になりなさい」

と、その婦人は平然として、「命は大切にするものよ」

「いいこと言うぜ、このおばさん」

と、一人が笑って、「公郎ちゃん、って言ったか？　こいつのお袋さんかい」

「ええ、そうですよ」

「運が悪かったね。おばさんの息子は、悪いところに行き合せちまったのさ」

「運が悪いのは、あなたたちの方ね」

「へえ。どうしてだい？」

「馬鹿《ばか》をすると、一生たたられるわよ」

「何だ？　俺たちを脅《おど》そうってのかい。面白《おもしれ》えや。息子と一緒にあの世に行くか」

婦人は微笑《ほほえ》んで、

「おあいにくね。私はもう『あの世』に行って来たの」

と言った。「あなたたちは、『あの世』といっても、ずっと下の方に行く定めね」

「口のへらねえ女だな」

と、不機嫌そうな一人が、「手っ取り早く、お前から片付けてやらあ」

と、ナイフを婦人の胸へ突き立てた。

「よせ！」

と、公郎は叫んでいた。

だが——公郎の母親、永田真代《まさよ》は胸を刺されても眉《まゆ》一つ動かすでもなく、

「むだよ」

と、おっとりと言った。「死んだ人間を、もう一度殺すわけにゃいかないでしょ？」

男たちが顔を見合せた。

すると、胸に刺さっていたはずのナイフが、コトンと地面に落ちた。

「どうなってるんだ？」

と、男たちの一人が声を震わせて言った。

「分らない人たちね。私は幽霊なのよ」

「へ？」

目の前で、その婦人の姿は、宙に溶けるようにスーッと消え、また現われた。

「——ね？」

男たちが真青になって、

「ワーッ！」

と、悲鳴を上げると、風に吹き散らされる枯葉のように飛んで逃げて行ってしまった。

「母さん……」

と、公郎は言った。

「良かったね、無事で」

と、母親がニッコリ笑った。

公郎はその場で気絶して引っくり返った。

2 婚約

悪いことばかりもないものだ。

町田藍はそう思った。——そう思わなきゃやってられない、ということでもある。

「お疲れさま」

と、同僚の常田エミから声をかけられて、

「本当に疲れた！」

と、藍は言っていた。「もうごめんだわ！　大体、美術館とか美術展って、自分が好きで行くもんでしょ。それを〈芸術の秋！　美術館巡りツアー〉なんて、足が棒になるだけ！　一体誰が考えたの、こんなもの？」

不平たらたら、〈すずめバス〉の本社兼営業所へ入って行くと、

「考えたのは俺だ」

と、社長の筒見が藍をにらんだ。

「社長……。いらしたんですか」

たいてい、「接待」とか「営業」と称して外出している筒見のこと、今日もどうせいないだろうと思いきや……。

「町田君」

と、筒見は言った。「君は以前、あの大手の〈Hバス〉にいたんだな」

「そうですが……」

「そのときの気分が抜けないんじゃないのかね？　わが〈すずめバス〉は、自慢じゃないが、業界でも一、二を争う弱小会社だ」

変なところで威張っている。

「君は、〈すずめバス〉の窮状が分っているのか？」

「お言葉ですが」

藍も、さすがに切れた。「〈すずめバス〉のために、時にはインチキ同然の〈幽霊ツアー〉を、私が何度やらされたと思ってるんです？　恥ずかしくって死にそうになることもあるんですよ」

「死んだら、ぜひ化けて出てくれよ」

「社長！」

「分った、分った。君の、我が社への貢献は充分に認めておる」

と、筒見は言った。

「それなら、もう少しお給料を上げて下さい」

「君……。俺をいじめて喜んでいるのか？」

「どっちがいじめてるんですか」

言い合っても仕方ない。「私は外出しますので、失礼します」

と、さっさと帰り仕度をした。

急いで一人暮しのアパートへ帰り、手早くシャワーを浴びて仕度する。

──実は、今日のツアーの客の一人が、解散のとき、

「社長──」

「今夜、お食事でもいかがですか」

と、誘って来たのだ。

なかなかいい男で、礼儀正しく、藍は、

「あの……本当ですと、お客様とのお付合いは禁じられているのですが」

と、口ごもった。

「バスガイドとしてのあなたでなく、個人としてのあなたをお誘いしているんです」

と、スーツ姿のその男、うまいことを言う。

「では喜んで」

藍も二十八歳。少々胸ときめいたのも事実である。

約束したレストランは、本物のロートレックなどがさりげなく壁を飾っている、高級フレンチ。

藍は少し早目に着き、個室に通されて、いささか緊張して、背筋を伸して座っていた。

やがて、

「失礼します」

と、ドアが開き、「お連れ様がおみえでございます」

入って来たのは、あの男性。――だが、その男性に、さらに「お連れ様」がいたのである。

「やあ、どうも」

と、永田公郎は言った。「来て下さってありがとう」

「いえ……」

「改めまして……。永田公郎です。そして、こちらは――」

と、傍《かたわ》らのスーツ姿の女性を見て、「僕の婚約者の金井美也子《かないみやこ》さんです」

この時点で、藍の夢は儚《はかな》く散ったのである。しかも、永田公郎は、

「こちらが町田藍さん。幽霊とお話のできる、有名なバスガイドさんだよ」

と紹介したのだ。

そういうことなのね……。藍はしらっとして、

「幽霊だけでなく、人間とも話ができます」

と言ってやった……。

半ばやけ気味で、値段の高いものばかり注文した藍だったが、

「婚約祝いに〈幽霊ツアー〉貸し切りでも？」

と訊《き》いて、「おいしいですね、このテリーヌ」

「いや、そうじゃありません」

と、公郎は言った。「幽霊とは、ちょくちょく会ってますから」

藍は食事の手を止めて、

「じゃ、あなたも霊感が？」

と言った。

「いや、あなたのように、どの霊とも会えるわけじゃないんです」

「私だって、別に……」

「むしろ、向うが会いに来るんです。——母の幽霊が」

「お母様？」

「ええ。母は永田真代といって、半年ほど前に亡くなったんです」

と、公郎は言った。

藍も、色々と「幽霊に会った」という人を見ているが、これほど当り前のように話す人には会ったことがない。

食事を続けながら、永田公郎は、公園でヤクザ風の男たちに囲まれたとき、初めて母の幽霊が現われた、という事情を説明した。

「——それじゃ、お母様はあなたを恨んで現われるわけじゃないんですね？」

と、藍は訊いた。

「ええ。その後も、僕が会社の重要書類を入れた鞄《かばん》をタクシーの中に忘れたときとか、出張の荷物を詰めていて、ハンカチを入れ忘れたときとか……。ま、色々なときに現われて、注意したり助言してくれます」

「じゃ、いい幽霊ですね」

と、藍は言った。「大丈夫。その内、見えなくなりますよ」

「僕もそうは思うんですが」

と、公郎は肯《うなず》いて、「しかし、のんびり待っていられないんです。——彼女と結婚することになったものですから」

藍は金井美也子の方を見て、

「あなたは、公郎さんのお母様を見たことは？」

「ええ、実は……」

金井美也子は、当惑顔である。


残念ながら、あまり雰囲気は良くなかった。

いつもは静かで落ちついたレストランなのである。むろん、永田公郎は一か月近く前から、そのレストランに予約を入れていた。

しかし、当日、どんな客が来ているかまでは知りようがない。

レストランの三分の二の席を占めたグループは、酔って大声でしゃべっていて、しかも今どき珍しく、ほとんどの客がタバコを喫《す》っていた。

それも、食事中でもお構いなしに、ひっきりなしに喫うので、レストランの中は煙でかすむほどになってしまった。

しかし、公郎としてはわざわざ用意して来たものを、渡さずには帰れない……。

「これを――」

と、少し緊張しながら、「受け取ってほしいんだけど」

「何かしら？」

美也子の方も分っていた。――大体、指輪のケースなんか、一目でそれと分る。

それでも、ふたを開けて、

「まあ……」

と、びっくりするふりをして見せた。

「結婚してくれ」

と、公郎は言ったのだが、その瞬間、騒がしいグループの席で笑いが爆発し、公郎の言葉はかき消されてしまった。

「え？」

と、美也子は身をのり出した。

「あのね、結婚――」

と、くり返そうとしたが、そのグループの笑い声はどうにも言葉一つ伝えられないほどひどいものだった。

公郎は、普段そう腹を立てる人間ではないが、このときばかりは、さすがにその連中を怒鳴りつけたくなった。

美也子は、公郎のそんな気持が分っているので、彼の手を取って、なだめるように握りしめた。

そのときだった。

「いい加減になさい！」

厳しい声が店内に響き渡って、そのグループの騒ぎがピタッと一時におさまってしまった。

白い着物の婦人が、その騒がしいテーブルのすぐそばに立っていた。

美也子は、「あんな人、いたかしら?」と考えていた。

「このお店には、あなた方以外のお客もいらっしゃるのよ」

よく通る、まるでベテランの教師のような声である。「ここは居酒屋やカラオケではありません。お店にはそれなりに守るべきマナーというものがあるの。いい年齢《とし》をして、そんなことも分らないの？」

言われている方の一人が、酔った勢いもあったろう、立ち上ると、

「うるせえぞ、婆《ばば》あ！　引っ込んでろ！　こっちは金を払ってる客なんだ！」

と怒鳴った。

しかし、そのひと声が逆に、他の客たちを怒らせた。

「何だ、その言い草は！」

「失礼だろう！　謝れ！」

と、次々に声が飛ぶ。

そのグループの中でも、あまり酔っていない者は、

「ほら、こっちも少し調子に乗り過ぎたから……。な、静かにやろう」

と、なだめた。

だが、一旦《いったん》怒鳴り出した男は、引込みがつかなくなったのだろう、

「何だ！　文句があるなら表に出ろ！」

と言い出した。

「面白いわね。表に出ましょう」

と、その婦人が言った。

「何だと？」

男は、婦人について、レストランを出て行ったのだが……。

少しして、白い着物の婦人だけが戻って来た。そして、公郎の方へ、

「さあ、ちゃんとその方にプロポーズなさい」

と言った……。

「――それが、公郎さんのお母様だということは、後で聞きました」

と、美也子は言った。「お母様の遺影を飾ったお仏壇の前で」

「びっくりなさったでしょうね」

と、藍は言った。

「ええ、まあ……。あんなにはっきり見えるものとは知りませんでしたから。あの――幽霊が」

と、美也子は言って、ちょっと恥ずかしそうに、「私、お仏壇の前で気を失ってしまいました」

「当然だよ」

と、公郎が微笑んだ。

「あの……お母様がレストランから連れ出した男の人はどうなりました？」

と、藍は訊いた。

公郎と美也子は、ちょっと顔を見合せたが、公郎の方が言った。

「結局レストランには戻って来なかったんです。翌朝、パンツ一つの裸で震えているのが見付かりました。――北海道の知床《しれとこ》で」

「──ごちそうさま」

藍は息をついて、食後のコーヒーを一口飲むと、「それで、何を心配されてるんですか？」

と訊いた。

「母が僕のことを心配してくれているのはよく分ります」

と、公郎は言った。「僕も、母の顔を見れば嬉《うれ》しい。たとえ幽霊でも。──父は僕が子供のころ亡くなり、母は懸命に働いて僕を育ててくれたんです」

「そうでしたか」

「母は僕のために無理を重ねて、体を悪くしたとも言えます。ですから、まあ……化けて出ても僕は喜んでいたんです。しかし──これからは困ります」

と、公郎の表情が暗くなった。

「私も、お義母様《かあさま》は本当にいい方だと思います」

と、美也子は言った。「その後も、何度か──その──お目にかかったんですけど」

「つまり──」

と、藍は言った。「お二人の結婚にも、口を出されるんですね」

「心配して下さってのことだというのは分るんですけど……。ハネムーンにもついて来るとおっしゃられると……」

美也子は頰《ほお》を染めてうつむいた。

「はあ……。それはねえ……」

「悪気じゃないんですけどね」

と、公郎は言った。「それだけに、どう言えばいいか……」

「お願いです」

と、美也子が身をのり出して、「町田さんから、お義母様に話していただけませんか」

「私が——ですか?」

藍が目を丸くする。

「普通の人に、幽霊の母と話してくれとは頼めません。でも、あなたなら、幽霊に慣れていらっしゃるし……」

「おっしゃりたいことは分りますけど……」

と、藍は言った。

「それと、もう一つお願いがあるんです」

と、美也子が言った。

「何でしょう?」

「お義母様も、お一人ではお寂しいと思うんです。誰かしら——茶飲み友だちのような方があれば」

「でも――」

「ですから、ぜひお願いしたいんです」

と、美也子は言った。「町田さんのお知り合いの幽霊の中で、お義母様に合いそうな方を紹介していただきたいんです」

藍は言葉もなく、真剣そのものの二人を見つめていた……。

3　幽霊の過去

「全く、もう！　どうして休みの日に、私がこんなことしなきゃならないの？」

藍はブツブツ言いながら、大学のキャンパスの中を歩いていた。

平日の午後。――キャンパスの芝生には、まるで絵に描《か》いたような若い大学生たちの笑いさざめく姿があった。

「いいわね、大学生はヒマで。私も大学生に戻りたい！」

と、藍がこぼしていると、

「――藍さん」

「は？」

「あい」違いの別人かと思った。こんな所に知り合いがいるはずは……。

「真由美さん！」

藍は目を丸くした。

〈すずめバス〉の〈幽霊ツアー〉常連の、遠藤真由美が、いつもの屈託ない笑顔を見せて立っていたのである。

「やっぱり藍さんだった！　そうじゃないかな、と思って、ずっとついて歩いてたの」

「真由美さん……。じゃ、私のひとり言も聞こえてた？」

「グチでしょ。バッチリね」

「ちょっと……。それなら早く言ってよ」

と、藍は苦笑して、「でも、いつの間に女子高校生が女子大生になったの？」

「そうじゃないの。私、今試験休みで、この大学に従兄《いとこ》がいるので、この後、待ち合せて映画見に行くことになってるの」

私服の真由美は、いつも見るセーラー服とまた違った可愛《かわい》さがあって、キャンパスの中でも目立っている。

「そうしてると、すっかり女子大生ね」

「そう見える？」

「男の子に言い寄られたら用心して」

「はい、お母さん」

「『お母さん』はないでしょ！」

「でも、藍さん、何の用で？　ここの図書館に幽霊が出るとか？」

「違うわよ。——ね、ここの学生食堂ってどこにあるか知ってる？」

「うん、今行って来たとこ」

「良かった！　ね、案内して」

真由美は、ちょっと小首をかしげて考えていたが、

「デザート、結構揃《そろ》ってるんだ、あそこ。おごってくれたら、案内してあげてもいい」

「もう！　安月給の哀れなバスガイドをいじめて」

と、藍は笑って言った。

——学食、といっても、藍が大学生だったころと比べても、一段と立派になっている。

「結構いけるでしょ？」

と、真由美はチョコレートパフェを食べながら言った。

「そうね……」

そう訊かれても、藍はコーヒーを飲んでいるだけだ。

「でも、藍さん、何の用でここに来たの？」

「ちょっと訊きたいことがあってね。この食堂の人に」

ちょうど、藍たちのテーブルへ、白い上っぱりを着た中年の男がやって来た。

「町田さんですか？　ここの責任者の山形《やまがた》です」

「お仕事中、すみません」

と、藍は言った。「ちょっと伺いたいことがあって」

「いや、この時間は一番空《す》いてて暇なんですよ。何でしょう？」

と、山形は椅子《いす》にかける。

「こちらで何年お勤めですか？」

「長いですよ。もう三十年になります」

「じゃ、ここで働いていた、永田真代さんという方をご存じですか？」

「永田……」

山形は、ちょっと目を細めて、「もしかして――真代ちゃんのことかな」

「ちょうど三十年ほど前に、ここで働いていたと――」

「ええ、憶《おぼ》えてますよ！　私の方が一年ほど後輩でね。彼女に一から教えてもらったもんです」

と、山形は懐しげに言った。「確か――私が入って一年ほどで辞めたような」

「そうです。真代さん、何か個人的なことは話しておられましたか」

「さて……。何しろ古い話で」

と、山形は考え込んで、「結婚してましたね、確か。ご主人がなかなか仕事を見付けられないので、自分が働かないといけない、と言ってました」

「そうですか。——では、彼女と個人的には全く？」

「ええ、全然。仕事が終ると、いそいそと帰って行きました」

と、山形は言った。「たぶん私と同い年くらいですね。今、どうしてるんだろう」

「真代さんは亡くなりました」

「え？」

山形が目を見開いて、「まだ五十そこそこでしょう」

「五十二歳で、半年ほど前です」

「それは……」

と、山形が口ごもる。

そのとき、派手にコーヒーカップが床に落ちて割れた。

「や、すまん」

と、白髪のスーツ姿の紳士があわてて立ち上った。

「須山《すやま》先生、おけがはありませんでした？」

と、ウェイトレスの女の子が駆けて来る。

「すまんすまん。手に力が入らない。もう年齢《とし》だね」

「そんな……。カップ落として割るぐらい、誰だってありますよ。――靴下にコーヒーがかかってますね。今タオル濡《ぬ》らして来ます」

「すまないね……」

藍たちの隣のテーブルについていたその紳士は、しきりに恐縮していた。

「それで――」

と、山形は言った。「真代さんのことですか?」

まさか、「今は、幽霊をやっています」とも言えない。

藍は礼を言って、真由美と二人、学食を出た。

「――藍さん、何ですか? 何か隠してるでしょ」

「別に」

と、とぼける。

「また。――分るんだ、私」

藍はちょっと笑って、

「何しろ忙しいの。幽霊同士のお見合の仲人まで頼まれちゃって」

「え? 何、それ? 教えて!」

と、真由美は目を輝かせた。

「今度またね。従兄と映画に行くんでしょ」

藍がそう言うと、真由美はケータイを取り出し、

「——もしもし。あ、真由美ですけど。——あのね、今日急用で行けなくなったの。ごめんね！　じゃあ」

呆気《あっけ》に取られている藍の前で、真由美はケータイをしまって、

「時間、たっぷりあるわ」

と言った。「聞くまで、藍さんから離れない！」

藍は、そんな真由美が可愛くもあり、この子、将来どうなっちゃうんだろう、と心配でもあった……。


買物したり、夕食をとったりで、帰りは夜になった。

藍はデパートの袋をさげて歩きながら、

「お化けの見合か……」

と呟《つぶや》いた。

事情を聞いた真由美は大喜びで、

「そのお母さんと会うときは、絶対連れてって！　ねえ！」

と、藍にしがみついて来た……。

しかし、藍だって、どこに行けば永田真代に会えるのか分らないのだ。向うが会いに

来てくれなきゃ、お手上げである。

それに、藍の話に腹を立てられたら、

「私、いやよ。知床でパンツ一つなんて」

――夜の人気《ひとけ》のない公園にさしかかっていた。

「失礼だが……」

と呼びかけられて、藍はびっくりして飛び上った。

ちょうど幽霊のことを考えていたので、びっくりするのも無理はない。

振り向くと、今度は初老の男性。

「あのね、出るなら出るで、それなりの礼儀ってもんがあるでしょ」

と、藍は文句を言った。「私だって、好きでお化けの相手してんじゃないのよ」

「私はお化けではありません」

と、その男は言った。「S大教授、須山哲治《てつじ》という者です」

藍は「アッ!」と声を上げて、

「失礼しました!」

と、平謝り。「今日学食で……」

「さようです。コーヒーカップを落としたのが私です」

と、須山は微笑んで、「よく憶えておいでだ」

「はあ……。何だか、私どもの話を聞かれて、びっくりなさったせいかという気がしました」

「ご推察の通り」

と、須山は肯いた。「あなたのことをパソコンで調べさせていただきました。〈幽霊と話のできるバスガイド〉として、記事も何本かありますな」

「ほとんどでたらめです」

と、藍は言った。「ですが、先生、なぜ私の話で――」

「聡明《そうめい》なあなたのことだ。察しておられるのでは？」

藍は並んでベンチに腰かけると、

「永田真代さんをご存じでしたか」

「ええ」

と、須山は肯いた。「あのころ彼女は二十二、三。木造だった学食で働く姿は初々《ういうい》しく、すてきでした」

「でも、彼女にはご主人が……」

「分っていました」

と、須山は遠くを見る目になって、「しかし、彼女も私の思いを分ってくれていました」

「そうですか」

「夫とは別れられない、と言っていました。——生活力のない、芸術家崩れの男で、半ば強引に結婚させられたのです。しかし、一旦妻になった以上、夫を支えるのが役目だと言って……」

須山は言葉を切って、「私も、苦しみながら別れたのです。——彼女の夫は早く亡くなったのですね」

「そうです」

「知っていれば……。いや、私も結婚していましたが、彼女の暮しを助けてあげることぐらいできたでしょう」

「きっと拒みましたよ」

「そうかもしれませんな。——亡くなったのは半年前？」

「はい」

「それで、あなたはなぜ大学までみえたのです？」

藍は少し迷ったが、話していけないこともあるまい、と思った。

「実は、永田公郎さんという、真代さんの息子さんが会いにみえて……」

と、いきさつを説明した。

「何と……」

「信じていただけないかもしれませんが」

「いや、信じますとも！」

と、須山は言った。「いや羨《うらや》ましい！　彼女に会えるとは」

「そうですか？」

と、藍は首を振って、「でも、あなたに、真代さんの茶飲み友だちになっていただくわけにはいきません」

「しかし、私はぜひ会いたい！」

「幽霊というのは、いつまでもこの世に止《とど》めてはおけないものなんです」

と、藍は言った。「いつか、真代さんも姿を消します」

「そうか……」

と、須山は肯いた。

「でも、お話できて良かったです」

と、藍は立ち上った。

「待ってくれ。――彼女と会うのかね？」

「ええ」

「では、その席に、ぜひ同席させてくれ」

「物好きが多いんだから……」

「何だね？」

「いえ、何でも」

と、藍は首を振って、「どうせなら、ツアーにしたいんですが」

「ツアー？」

と、須山は訊き返した。

4　旅の終り

「すみませんね、永田さん」

と、藍は公郎に詫《わ》びた。「社長が色々うるさいもんで」

「いや、もともとこっちが無理なことをお願いしたんですから」

と、公郎は言った。「でも、ちゃんと母が出て来てくれるのかな」

「大丈夫よ、きっと」

と、美也子が言った。

「変ですね。幽霊が出るから大丈夫っていうの」

と、藍は言った。

「本当だ」

公郎も美也子の手を取って笑った。

バスは走り出していた。

「しかし、こんなに幽霊の好きな人がいるんですね」

と、公郎は感心している。

「はい!」

前の方の席で手を上げたのは、真由美である。

バスは夜の町を走り抜けて行く。

「——皆さん」

と、藍はマイクを手にして、「今回のツアーについては、ご説明した通りです。こちらにおいでの永田公郎さんのお母様が、本日の特別ゲストです」

拍手が起きた。

「藍さん、どこへ向ってるの?」

と、真由美が訊く。

「思い出の場所。——ある人にとってね」

バスはS大学のキャンパスに近付いていた。

「——そこで幽霊が待ってるのかね」

と、客の一人が訊いた。

「いいえ」

と、藍は言った。「もうそこにおられますよ」

みんなが一斉に振り返ると――。

バスの一番後ろの席に、白い着物の女性が座っていた。

「お母さん！」

「よく気が付いたわね、バスガイドさん」

と、真代は言った。

「空気が変ります」

と、藍は言った。

「気持はよく分るわ」

と、真代は言った。「でも、私は公郎から離れるわけにいかないの」

「お母さん――」

「二人の邪魔はしないわ。でも、放《ほう》ってはおけない」

藍はドライバーの君原の方へ、

「もう着く？」

と訊いた。

「ああ」

バスは、開いている正門から大学の構内へと入って行った。

「どこへ行くの？」

と、真代がちょっと不安そうに、「ここは——」

「大分様子が変ったでしょう」

と、藍は言った。「S大学のキャンパスです」

「まあ……」

「このまま真直ぐ。——噴水が見えてくるから」

客たちが、やっと騒ぎ出した。

「凄《すご》い！」

「こんなにはっきりした幽霊なんて！」

「写真、いいですか？」

「ビデオも、ぜひ！」

真代は、騒がれるのが嫌いでないらしく、

「こんな格好でよろしければどうぞ」

と、ニコニコしている。

「結構ミーハーだったんだ」

と、公郎がため息をついた。

君原が、

「あれかな？」

と訊いた。

「ええ。――須山さんがお待ちだわ」

中庭の噴水は、夜になって止っていた。

その前に、須山が一人、立っている。

バスが寄せて停《とま》ると、

「ここで降ります」

と、藍は言って、扉を開け、先に降りた。

「やあ、町田さん」

須山がやって来る。「お待ちしていましたよ」

「どうも……。ここで間違いないですね」

「ええ、もちろん」

「では皆さん、降りて下さい」

と、藍が呼ぶと、客が次々に降りて来た。

「――懐しい所だわ」

最後に、真代が降りて来た。

そして、白髪の須山を見ると、

「まあ……。先生ですね！」

と、息をのんだ。

「私だよ、真代！」

「お久しぶりです」

と、真代が言った。

「全くね」

「これが息子の公郎、そして婚約者の美也子さん」

と、真代は紹介した。

「お母さん、ここは？」

と、公郎が訊いた。

「先生と、初めて二人で会ったとき、ここで待ち合せたのよ」

「憶えていてくれたか」

と、須山が言った。

「忘れるもんですか」

「真代。――私が君の相手をしよう」

「先生……」

「もう、息子さんを一人にしておいてあげなさい」

「でも……それはできません」

「どうして？」

「大切な子です。この子だけは幸せになってほしいのですわ」

「しかし——」

「それがこの子への償いです」

真代は静かに言った。

「償い？　お母さん、どういう意味なの？」

と、公郎は訊いた。

「公郎……」

「待ってくれ！」

と、須山が言った。「真代、もしや……」

「先生、言わないで下さい」

と、真代が目を伏せる。

「やはりそうなのか！」

須山は公郎をじっと見つめている。

「やっぱりね」

と、藍が言った。「お会いしたとき、よく似ておられると思いました」

「何ですって？」

公郎は目を見開いて、「つまり、僕はあなたの子……？」

「そうなの」

と、真代は肯いた。「お父さんとの子じゃないのよ」

「お母さん……」

「あなたが幸福になるのを、見届けなきゃいけないの」

と、真代は言った。

「いや、もう充分だ」

と、須山が言った。「今度は私が君を見届ける」

須山の手が、突然真代の手を握った。

「まあ、先生！」

「須山さん――。何てことを！」

藍は、そのとき初めて気付いた。

須山も、今、すでにこの世の人ではなくなっていた。

「いや、私も妻を亡くして、一人なのだ」

と、須山は言った。「これで、君も寂しくないだろう」

「先生……」

真代は須山の胸に抱かれた。

「あのとき、君を無理にでも別れさせて、一緒になっておくべきだった」

須山は言った。「今からでも遅くない……」

「――凄い！」

と、真由美が目を丸くして、「幽霊同士の再婚？」

やがて、二人は抱き合ったまま、夜の闇《やみ》の中へ消えて行った……。

帰りのバスの中、興奮して大騒ぎの客の中、藍だけが沈み込んでいた。

「――どうしたの、藍さん？」

と、真由美が寄って来て言った。

「私の浅はかさで、人一人、死なせてしまったんですもの」

「須山さんのこと？　でも、本人は満足してるわ」

「でも、寿命はまだ残っていたのに……」

藍はため息をついた。

「しっかりして。――藍さんまで幽霊みたいよ」

「やめてよ」

と、藍は渋い顔になった。

「——ありがとうございました」

と、公郎が言った。「母も幸せでしょう」

「お二人が幸せになるのが、一番の供養ですよ」

「はい」

と、美也子が肯く。

「ハネムーンはどちら？」

と、藍は訊いた。「まさか、知床じゃないですよね？」

誘惑の甘き香り

1　遠い面影

「畜生！」

一瞬の差で乗り遅れた電車がホームを出て行くのを見送って、小作良也《おざくよしや》は思わず辺りに聞こえるような声で言った。「あんな奴《やつ》、死んでしまえ！」

ホームには、小作良也と同様、乗り遅れてやって来た客が数人いて、その声を聞いていたはずだが、誰《だれ》一人、びっくりするでもなく、「いつもの乗り口」へと黙々と歩いて行った。

——小作はぐったりと疲れが出て、しばらくそこから動けなかった。

都心から郊外へ向って走る終電車がどんなに混《こ》むものか。それは勤めというものを経験したことがない人間には分らないだろう。

帰りに飲んで、どんなに酔《よ》い潰《つぶ》れていても、

「終電だ」

と思うと、誰もがパッと目を覚ます。

それは勤め人の哀《かな》しい業《ごう》のようなもの……は大げさか。

今日の小作は、しかし飲んで遅くなったわけではない。

ぎりぎりまで仕事をして、終電の一本前の電車で帰るつもりだったのである。

一本前、というだけで、ずいぶん空《す》いている。といって、座れるわけではないが、少なくともラッシュアワーの電車並の混雑にはならない。

ところが、机の上を手早く片付けて帰ろうとしたとき、

「おい、小作」

と、声をかけて来たのは、同期入社の上田《うえだ》という男。「ちょっと話があるんだ」

「今？　もう帰るところなんだけど」

と、小作は言った。

「そうか。――じゃ、悪かったな」

「明日なら……」

「いや、今日でないとだめなんだ。――いや、無理しなくていいんだよ」

小作は迷った。

上田と小作。――二人とも今、まだ三十一歳の若さだが、見たところ、髪も目立って白くなり、すっかり「中年」になっている小作と比べ、上田の方は若々しく、スラリとしてお洒落《しゃれ》である。

上田はこの〈Pプロダクツ〉の重役の息子で、六本木辺りの高級マンションに住んでいる。小作のように、都心のターミナル駅から私鉄で五十分という「自宅」まで、はるばる帰って行く必要がない。

しかし、上田の父親が重役だと思うと、小作も、そうすげなくはできなかった。

「少しならいいよ。何だ？」

ついそう言っている小作だった……。

実際、大した話じゃなかった。

小作も上田も結婚している。そして上田は——。

「実はこの週末、彼女と旅行するんだ」

「へえ」

当然、妻以外の子だ。上田は若い女子社員にもてる。

「お前と一緒ってことになってるんだ。頼むよ！」

浮気のアリバイ作り？　ふざけやがって！

上田の話で時間を取られ、結局、終電の一本前の電車には乗り損ねた。混雑を覚悟で、終電車だ。

小作は、ホームの先の方へと歩いて行った。

今の内に並んでおけば座って行けるかもしれない。——小作の降りる駅は、出口が前の方にあるのだ。

しかし、バタバタと足音がして、大勢が小作を追い越して行った。

「何だ？」

同じグループらしい。前の方の乗り口に、たちまち長い列ができる。

足を止めて、小作はぐったりと柱にもたれた。——急ぐ気力もない。

三十を過ぎたばかりで、このくたびれ方は……。我ながら情ない。

これからギュウギュウ詰めの電車に五十分も乗るのだ！

何もかも投げ出して、どこかへ行ってしまう人間の気持が分る。むろん、どこへ行っても「食べていく」暮しがあるのだし、そこが今よりいい場所でもないだろうが、ともかく目の前の「現実」から逃げ出したい思いに駆られたのである。

そして——気が付くと、小作は駅の外へ出てしまっていた。

少し肌寒い風が吹いてくる。

終電に間に合せようと、必死で走って来る男、女……。

小作は、他人事《ひとごと》のように、その連中を眺めていた。

やがて、駅のホームで発車のベルが鳴るのが聞こえて来た。それでもまだ改札口から駆け込んで行く男がいる……。

こんなことを毎日くり返して、一生を終えるのか。

それにしても——俺《おれ》はどうしよう？　もう終電は出てしまった。

ぼんやりと駅前に突っ立っていた小作は、

「小作君？」

という声を聞いた。「小作君でしょ」

女の声だ。振り向くと、

「——やっぱり！」

フワッとした、軽そうなコートをはおった女性がにこやかな笑顔を見せて立っていた。上品で、身なりも垢抜《あかぬ》けている。

こんな知り合い、いたか？

「分らない？　鈴本由香利《すずもとゆかり》よ。高校のとき同じクラスだった」

「鈴本……。鈴本か。——ああ、思い出したよ」

しかし正直なところ、記憶はぼんやりとしていた。地味で、目立たない子だった。

「よく分ったな、僕が」

「ええ、すぐ分ったわ」

と、鈴本由香利は言って、「——今、帰りなの？」

「うん」

「電車？　もう終電過ぎてるでしょ」

「ああ……乗り損なって、どうしようかと思ってた」

「まあ、大変ね」

と、鈴本由香利は微笑《ほほえ》んで、「車で送って行きましょうか」

「まさか！　とんでもなく遠いよ」

「私だって。どの辺なの？」

「この線のN駅の近く。各駅停車しか停《とま》らないんだ」

「あら、それなら途中よ。じゃ私の車で」

「しかし……。悪いね」

「私も一人で乗ってるのは寂しいもの。――さ、来て。あっちに停っている」

「本当にいいの？」

「ええ、もちろん。車は一人でも何人でも同じだもの」

「それもそうだね」

小作は、彼女の笑顔の中に、十何年か前の遠い面影を見ていた。

鈴本由香利。――クラスでも、「真面目《まじめ》でよく勉強するが、およそ面白くも何ともない」子という印象だった。

実際、地味で、度の強いメガネをかけ、髪も何も全く構わなかった。

その鈴本由香利が……。今はパッと華やかなほど美しい。

人は変るものだ。

「さあ、乗って」

と言われて、小作は呆気《あっけ》に取られた。

黒塗りの高級車。白手袋の運転手が、ドアを開けて待っている。

「いいのかい？」

「もちろんよ！」

じゃ、遠慮なく……。

小作は、ゆったりとした車内で手足を伸した。

「楽にして」

と、並んで腰をおろした由香利が言った。

いつの間にか車は走り出している。

何て乗り心地だ！　うちの中古車とは大違いだ。

「何か飲む？」

と、由香利がボタンを押すと、キャビネが開いて、ウイスキーやブランデーのボトルが並ぶ棚が現われた。

「――君、凄《すご》い暮しをしてるんだな」

と、小作はウイスキーを飲みながら言った。

「そんなことないわ。小さな会社をやってるだけ」

「じゃ、社長？」

「まあ、一応ね」

「大したもんだ。僕はもうこの年齢《とし》で、いい加減くたびれてるよ」

「お勤めは大変よね」

「そうなんだ。でも、女房はさっぱり分ってくれない……」

飲みつけない高級ウイスキーに、ついグラスを空にしてしまう。

酔うとグチばかりが出て来るのだ……。

「女房は浩子《ひろこ》っていうんだがね……」

と、小作は言った。「まだ二十九だっていうのに、結婚して二年で十五キロも太ったんだ！　十五キロだぜ。恋愛中とはまるで別人だよ」

「まあ、気の毒ね」

「だろ？　今じゃ朝飯も作ってくれない。——低血圧とか言ってね。起きても来ないんだよ、僕が家を出るときも」

「あらあら」

「そのくせ、奥さん同士でどこかへ遊びに行くとなりゃ、朝六時にだって平気で起きる。全く、女なんて……。いや、失礼。君も女だった」

——車は夜の道を静かに走っている。

「あの信号のあたりね」

と、由香利が言った。

「うん。——もう着いたのか！　残念なくらいだね」

車が信号を右折し、小作の自宅の近くへと入って行く。

「ありがとう、送ってくれて。夢のような時間だったよ」

「いいえ、どういたしまして」

差し出された由香利の手を、小作はそっと握った。

——自宅の前に立って、車が走り去るのを見送ると、小作は何だか自分がどこか別の世界へ行っていたような気がした。

「ただいま……」

と、玄関を入っても、浩子の返事はない。

とっくに寝ているのである。

「馬車はカボチャに戻ったか……」

小作はネクタイを外して、放《ほう》り投げた。

今では、「行ってくるよ」の言葉も出て来ない。

小作はその翌朝も、いつもの通り家を出た。妻の浩子は、いつもの通り寝ているし、朝食もこしらえてはくれなかった。

ゆうべ、鈴本由香利の車で送ってもらったのは現実だったのだろうか？

駅への道を、早くもくたびれた足どりで辿《たど》りながら、小作は思った。

あの時間も夢だったのかもしれない。だが夢なら家に帰り着けたはずがないから、本当にあったことなのだろう。

しかし、現実でなかったと思った方が、まだ救われる。

「おい……。やめてくれ」

と、小作は顔をしかめた。

パラパラと雨が降り出したのである。

「天気予報じゃ、夕方まで降らないはずだろ！」

空に向って文句を言っても仕方ない。――会社に傘が置いてあるので、大丈夫と思って持って出なかったのだ。

家まで取りに戻るのは面倒だったが、駅まではまだ大分ある。

足を止めたまま、迷っていると、車がスッと寄って来て停った。

え？　――この車は。

「乗って」

窓から、鈴本由香利が顔を出している。「濡《ぬ》れちゃうわ、早く」

小作はためらうことなく車に乗った。

「迎えに来てくれたのか？」

「ええ。それに、朝ご飯食べない、って言ってたから、体に悪いと思って」

折りたたみ式のテーブルを出すと、由香利は、「どうぞ」

と、皿を載せた。

湯気の立つベーコンエッグ。

「電子レンジがついてるから、この車」

と、由香利は言った。「コーヒー？　紅茶？」

小作は感激のあまり、声を詰らせながら、

「コーヒーを……」

と言っていた。

2　冷たい出会い

「ええと……この辺りから海を眺めますと、時として人間の姿をした影が、海面に浮かび上る、と言われています……」

バスガイドが、説明するときに「ええと」はないだろう。――町田藍は、自分で話しながら、そう思っていた。

しかし、どうしてもつい出てしまうのである。内心、

「こんな馬鹿《ばか》らしいことで、お金を取っていいのかしら？」

と思っているからだ。

「もしかしてあの辺りかな？」

と、大真面目に海へビデオカメラを向ける客に、

「そうですね。大体それくらいの方角です」

と答えつつ、町田藍は、心の中で「ごめんなさい！」と手を合せているのである。

海から吹きつける風は結構冷たい。

この寒さの中、〈すずめバス〉のツアーは〈幽霊とのランデヴー〉。

もちろんインチキなのである。

そして、ツアーには、〈幽霊と話のできるバスガイド〉町田藍を見たい、という客も来ていた……。

「藍さん」

と、やって来たのは、この手のツアーの常連で、今はすっかり藍と仲のいい、女子高校生、遠藤真由美。

「真由美ちゃん。――どうしてこんなのに参加したの？」

と、声をひそめて、「インチキだって分ってるでしょ」

「いいの。私は藍さんに会えれば」

「それなら、仕事のない日にお茶でも……」

「でも、〈すずめバス〉が潰れちゃったら、やっぱり藍さん、困るでしょ」

「まあ……ね」

「いいじゃない！　ちゃんとうちでお金出してくれてんだもの」

「毎度どうも」

と、苦笑する藍だった。

海に面した道の端に集まって、

「あれが幽霊かな？」

「今、チラッとそれらしい影が……」

と、涙ぐましい努力（？）を続けている客たち。

「ね、藍さん」

と、真由美が言った。「あの人もお客？」

見れば、一人離れて、ポツンと海を見ている女性――。

藍は首を振って、

「あの人は違うわね。何か他《ほか》の用事じゃないの？」

こんな所にどういう「用事」があるのか、見当もつかなかったが——。

乗客の一人が、

「町田さん！　一緒に写真撮って！」

と、やって来た。「あんたと一緒だと、幽霊も安心して出て来るかもしれん」

幽霊が「安心する」ってのも妙だが、ともかくできる限りサービスしたい藍、喜んで一緒にカメラにおさまる。

「——ね、藍さん」

と、真由美が声をかけた。

「ちょっと待って。——はい、チーズ！」
二、三カット撮って、「どうかした？」
真由美が、それこそ「お化けでも見たような」顔をしている。

「さっき、あそこに立っていた女の人……」

「ああ。どうかした？」

「何だか……海に飛び込んだみたい」

「飛び込んだ？　まさか！」

と、つい笑ってしまう。

「でも……」

藍はピタリと笑うのをやめた。――目に入ったのである。

きちんと並べて置いてある靴が。

あわてて駆けて行き、柵《さく》越しに海へ目をやると、コートが海面にフワッと広がって見える。

「もう……。真由美ちゃん、見てて！」

藍は柵をまたぐと、海へと身を躍らせたのだった……。


「ハクション！」

藍はクシャミを連発した。

「大丈夫？」

と、真由美が心配そうに訊《き》く。「はい、これ。――洋服一揃《ひとそろ》い買って来た」

「ありがと……」

毛布にくるまっている藍である。「バスはもう戻った？」

「うん。君原さんが運転して」

「良かった」

「でも、みんな喜んでた。藍さんの人命救助の瞬間を見られて満足ですって」

「冗談じゃない――。ハクション！」

藍は真由美から紙袋を受け取って、「これ、着てくるわ。ありがと」

「おつり、あるけど」

「手数料に取っといて」

――藍は、病院の化粧室に入って、真由美が買って来てくれたものを身につけたが――。

「ちょっと、真由美ちゃん」

と、情ない顔で、「可愛《かわい》すぎない？」

「ぴったりよ！　藍さん、可愛い！」

何だかからかわれてるような気がした。

「やあ、ご苦労さんです」

と、医師がやって来た。「よく助けられましたね。もう少し放っておいたら、流されていたでしょう。いや、立派なものです」

「それで、助かりますか？」

「ええ、水を吐かせて、今は落ちついています。あなたにお会いしたいそうですよ」

「分りました」

藍と真由美が病室へ入って行くと、飛び込んだ女性が点滴を受けて寝ていた。

「いかがですか」

と、藍は声をかけた。

その女性はゆっくり顔を向け、

「あなたね……。助けて下さったのは」

「ええ」

「ありがとう……。私……死にたかったの。でも、海に飛び込んだとたん、後悔したわ。あんなに冷たいなんて！」

何だか、真面目なようでどこかとぼけた感じだ。

「良かったですね。無事で」

と、藍は言った。「誰か連絡する方は？」

「そうね……」

と、その女性、藍の顔を眺めていたが、やがて、フッと眉《まゆ》を寄せると、「藍ちゃん？」

と言った。

「え？」

「町田藍？　私、浩子よ！　飯田《いいだ》浩子」

「浩子さん！」

藍も仰天した。「浩子さんだったんですか！」

聞いていた真由美が、

「藍さん、お知り合い？」

と訊く。

「大学の先輩。浩子さん！　良かった、助けて！」

藍は浩子の手を握って、「どうして身投げなんか？」

「恥ずかしいわ……」

と、浩子は首を振って、「私――小作って人と結婚したの」

「ええ、憶《おぼ》えてます」

と、藍は肯《うなず》いて、「ご主人と何か？」

「まあね……。妙な話なの」

「妙な？」

真由美が口を挟んで、

「藍さんは『妙な話』なら得意です！」

「ちょっと！」

「週刊誌で読んだわ」

と、浩子は言った。「〈幽霊と話のできるバスガイド〉って」

「そんなことできても、ちっとも面白くありませんよ」

と、藍は言った。

「でも――本当に、藍ちゃんに会えたのは、天の配剤かもしれない」

浩子は、藍の手を固く握った……。


「――遅くなりまして」

おずおずと〈すずめバス〉本社の戸を開けると、拍手が起った。

「町田君、大したもんじゃないか」

と、社長の筒見がやって来て、藍と握手をした。「君の人命救助のニュースは、わが〈すずめバス〉の名を一気に世間へ知らしめた！」

要するに、〈すずめバス〉の宣伝になったということらしい。

「表彰されるとか？」

と、バスガイド仲間の山名良子《やまなりようこ》が訊く。

「そんな話は別に……」

「何だ、金一封出たら、おごらせようと思ったのに」

全くもう……。ありがたい同僚たちだ。

「町田君」

と、筒見が言った。「明日、新しいツアーに乗れるかね？」

「今度は何ですか？」

「〈人命救助のヒロイン、町田藍と行く飛び込みの名所〉だ。どうだ、いいアイデアだろう！」

藍は言葉が出なかった……。

それよりも、病院へやって来た、浩子の夫、小作良也のことが、重く心にのしかかっていたのである。

「社長。ちょっと風邪《かぜ》気味なので、帰らせてもらっていいでしょうか」

「ああ、いいとも。水へ飛び込んだんだからな。風邪もひくだろう」

と、筒見は言った。

すぐ納得してしまうのが、このケチな社長の憎めないところである。

――藍は夜道を一人、帰って行くところだった。

浩子さん。何とかしてあげたい。

でも、藍にはよその夫婦のことにまで口を出すことはできない。

ただ――あの夫婦は普通ではない……。

母親からの電話で、真由美が渋々帰って行き、病院の玄関でそれを見送った藍が、浩子の病室へ戻ろうとしたとき――。

「失礼ですが」

と、男の声がした。「小作浩子の病室はどこかご存知ですか？」

藍は振り返って、

「はい、私も今から——」

と言いかけて、言葉を切った。

一瞬、自分の目がどうかしたかと思った。

停電かしら？　でも、そうではない。

ちゃんと廊下の明りは点《つ》いている。

しかし、その男は影に包まれていたのだ。

「あなたは……」

「夫です」

「小作さんですか。私、奥様の大学の後輩で、町田藍と申します」

「浩子の。——そうですか」

「偶然、奥様をお助けして」

「ありがとうございました。いや、知らせを聞いたときはびっくりして……」

と、小作は言った。「それで、家内の様子はどうですか」

藍は、何とか平静を装って、

「ええ、今は落ちついておられます」

と答えた。

「そうですか。で、病室は——」

「こちらです」

藍は先に立って、廊下を歩いて行った。

寒気がした。

幽霊を見ることにも慣れている藍だが、これほどはっきりと、「死にとりつかれた」人を見たことはない。

この人はもう長くない。——藍はそう感じた。

3 幻

「お宅だわ」

と、鈴本由香利は言った。

車がゆっくりと停る。

「——ここで降りないと」

と、由香利は言った。「奥さんが怪しむわよ」

小作は、しばらく黙っていた。

「あなた――」

「もう、女房は気付いてる」

と、小作は正面を見つめて言った。「構うもんか」

「本当なの？」

「ああ」

小作は、由香利の手をつかんで引き寄せた。

由香利はため息を洩《も》らすと、

「待って。――待って」

と、小作を押し戻して、「こんな風にはいやよ」

「じゃ、君のマンションに戻ろう」

「今出て来たのに？」

「泊ってもいいだろ？」

「それはいいけど……。でも、奥さんとの間は……」

「君がいればいい」

「あなた……」

二人の唇が出会う。

——小作が、鈴本由香利と深い仲になるのに、一週間とかからなかった。

あの日以来、毎朝由香利はこの高級車で小作を迎えに来て、車の中で朝食をとる。

そして、帰りも、小作の仕事が終るまで待って、一緒に食事をとる。

やがて、小作は帰りにいつも由香利の広い豪華なマンションに寄って行くようになった。

由香利は、まだ若く、しなやかな肢体で小作を絡め取るように愛した。

それでも、毎晩由香利は車で小作を家まで送って行ったのだ。

小作も、いくらか妻の浩子への後ろめたい気持があって、毎夜遅くなっても帰宅していた。しかし、その「一線」が、この夜崩れた……。

——小作は由香利のマンションで夜を過し、翌日はそこから出勤した。

由香利は、郊外に一軒家と、都心に二つの高級マンションを所有していた。

「ここは私たちの愛の巣ね」

と、ベッドの中で、由香利は囁《ささや》いた。

初めて帰らなかった夜。——浩子は、次の夜に帰宅した小作へ、

「女がいるのね」

と、初めて問いかけた。

「今まで知らなかったのか？」

小作は浩子を馬鹿にしたように見て笑った。

「あなた……」

「お前がいなくても、一向に困らないんだ。出て行くなら自由に出て行けよ」

小作の言い方は冷ややかで、別人のようだった。


「あんな人じゃなかったのに……」

浩子は、藍にお茶を出しながら、「ごめんなさいね、忙しいのに」

「いいえ」

藍は首を振って、「今日はお休みですから」

藍が、海へ身を投げた浩子を助けてから十日たっていた。

藍は、浩子の自宅へ訪ねて話を聞いた。

「分らないわ」

と、浩子はため息をついて、「主人にそんな魅力があるのかしら？　それに、主人の言う通り、毎日送り迎えしてくれてたら、その女だって仕事にならないでしょ」

「今はご主人、毎日帰ってるんですか？」

「一応はね。私があんなことをしたので、ちょっとびっくりしたみたい。――でも、夕食も家では食べない」

「ご主人、やせて来ませんか？」

「最近じっくり見てないけど……。そうね、少しやせたみたい」

浩子は身をのり出して、「藍ちゃん。何とかして、あの人を取り戻せるかしら」

「それは何とも……」

「そうよね。私と主人の問題ですもの。あなたの『得意分野』じゃないから」

藍はじっと浩子を見て、

「必ずしもそうでもないかもしれませんよ」

と言った。

「どういう意味？」

「浩子さん。そのことがあって以来、ご主人と寝ました？」

藍は答えず、

「え？」

「大切なことなんです。本当のことを聞かせて下さい」

浩子が面食らっている。

「それは……。主人の方が手を出さないわ、私に」

「じゃ、ないんですね？　良かった。もし求められても拒んで下さい」

「それって……」

「大丈夫と分れば、そう言います。それまでは拒んで下さい。浩子さんのためです」

「あなたがそう言うなら……」

と、浩子はためらいながら、「実は……今夜……」

「今夜？」

「主人から昼ごろ電話があったの。本当かどうか分らないけど、『今夜は早く帰る』って」

「そうですか……」

「もし——主人が——」

「いけません」

と、藍は首を振った。「命にかかわるんです、浩子さんの」

「どういうこと？」

「待って下さい」

ケータイが鳴った。藍が出て、

「真由美ちゃん？　何か分った？」

「うん」

真由美は興味津々《しんしん》という口調で、「どうして鈴本由香利のことを調べさせたの？」

「後で話すわ。それで？」

「藍さん、知ってたんじゃないの？」

と、真由美は言った。「父の知り合いの人に調べてもらった。鈴本由香利って人、五年前に死んでるわ」

「そう。やっぱりね」

「ね、どうしてこの人のことを？」

「今は話せないの。どうもありがとう」

「いいえ。今度絶対に話してね」

「分ったわ」

藍は通話を切った。

「――浩子さん」

「何？」

「私と一緒に来て下さい」

「どこへ？」

「私の所へ。ともかく今夜、この家にいないで下さい」

浩子は当惑顔で、藍を見つめるばかりだった……。

夜、車が小作の家の前に停った。

「お願いね」

と、由香利が言った。

「うん、分ってる」

「無理を言って、ごめんなさい」

「とんでもない。君に少しでも恩返しができるなら、何でもないよ」

小作は由香利を抱いてキスすると、「じゃ明日の朝」

「ええ」

小作が家の中へ入って行く。

由香利は小作を見送って、窓を閉めたが――。

「鈴本由香利さん」

と、声がした。

「誰？」

「町田藍といいます」

ドアを開けて、「小作さんの奥さんはいませんよ」

「あなた……」

「私は幽霊を見ることができるんです」

「何を言うの？　馬鹿げたことを――」

そのとき、車の正面からカッと強い光が射《さ》した。

〈すずめバス〉の一台が、正面に停っていて、そのヘッドライトが真直ぐ、由香利の車を照らし出した。

「やめて！　ライトを消して！」

と、由香利が叫んだ。

藍は、その車から離れた。バスから降りて来た真由美が、

「藍さん！　これって……」

「見た通りよ」

バスの強いライトに浮かび上ったのは、塗装もはげ落ち、バンパーが外れ、フロントガラスのなくなってしまった車の残骸《ざんがい》だった。

そして、ハンドルを握る運転手も、由香利も、ライトの中で蒸発して行く死者の姿だった。

「これが？」

真由美が目を丸くしている。

そのとき、家から小作が出て来た。

「どうしたんだ！」

と、駆けて来る小作を、藍は前に立ちはだかって止めた。

「いけません！」

「どけ！　彼女に話があるんだ！」

「死人に何を話すんですか」

「何だと？」

「ご覧なさい。あなたの乗った高級車、あなたを誘惑した美女の本当の姿です」

小作は、ガラスのなくなった窓からこっちを見る、やせこけた青白い顔を見た。

「由香利！」

「彼女は五年前に死んでいるんです。あなたへの想《おも》いが形になって、あなたと奥さんを道連れにしようとしたんですよ」

「あなた！」

骨の覗《のぞ》く腕が伸びる。

「馬鹿な……」

小作はその場に座り込んでしまった。

ライトを浴びた廃車は、やがて青白い炎を上げて燃え始めた。

そして、中で燃えて行く由香利の、哀しげな声が夜の大気の中へと消えて行った。

「行ってらっしゃい」

玄関で、浩子は夫を送り出した。

「行ってくるよ」

小作は微笑んだ。

まだ頬《ほお》はこけているが、目には生気が戻っている。

「ちゃんとお昼も食べるのよ」

「分ってるよ。それじゃ」

小作は駅への道を歩き出した。

真冬の朝は凍えるように寒い。しかし、吐く息の白さを見ながら、小作は足どりを速めた。

——今となってはゾッとするばかりだが、あの鈴本由香利と過した日々は、夢のように幸せだった。

こんな寒い日に、あの車で行けたら、どんなにか楽だろう。

しかし——しょせん夢は夢、幻は幻だ。

あんなことは、現実の中では起らない。そうなのだ。

車の音がした。

まさか。——そんなことはあり得ない——。

車は小作のすぐそばで停った。

ホッとした。あの車ではない。洒落たスポーツカーである。

「ごめんなさい」

車の中から、女子大生らしい可愛い子が言った。「高速に出るのはどの道？」

「さて……。説明するのは難しいね」

「都心へご出勤？」

「ああ」

「じゃ、送るわ。乗って、道を教えて」

「いや……」

「いいじゃないの。あなたも楽でしょ？」

楽……。そうだ。

この子はまさか幽霊じゃあるまい。

「いいとも」

と、小作は言った。「じゃ、案内しよう」

「嬉《うれ》しい。助手席に来て」

「ああ」

小作は助手席の方へ回って、ドアを開け、乗り込んだ。

「そこを右折して」

「了解！」

スポーツカーが走り出す。

小作はどこか遠くで、女の笑い声を聞いたような気がした。

スポーツカーは、朝の霧の中へと消えて行った……。

メサイア来たりて

1　富豪

社員みんなでTVを見ている。

そんな光景も、たまには悪くないだろう。昼休みとか、仕事が終った後、野球中継を見ているとでもいうのなら……。

しかし、〈すずめバス〉は観光バスの会社であり、仕事というのは、客を乗せてバスで観光名所を回ることである。

その〈すずめバス〉の社員が、全員揃《そろ》ってお昼過ぎにTVのワイドショーを見ているというのは……。

「あーあ」

と、ベテランバスガイドの山名良子が伸びをして、「私、ここへ来て初めてだわ。仕事したいな、って思ったの」

「そうだな」

と、ドライバーの君原が起き上って、「バスもある。客を捜して乗せちゃいけないんですか?」

「乗せてどこへ行く気だ?」

と、社長の筒見が投げやりな調子で、「もう〈すずめバス〉はおしまいだ」

「どうにかならないんですか?」

と言ったのは、〈すずめバス〉の看板娘(?)〈幽霊と話のできるバスガイド〉町田藍である。

「どうにかなるなら、とっくにどうにかしてる」

筒見はわけの分らない返事をした。

いつも「綱渡り経営」をして来た〈すずめバス〉だが、ついに「綱を踏み外して」落っこちてしまったのである。

「銀行に支援してもらって、再建するとかできないんですか?」

町田藍の言葉に筒見は苦笑して、

「銀行が支援してくれるのは、名のある大企業だけだ。うちのような弱小企業なんか、鼻も引っかけちゃくれんよ」

そう言われてしまうと、藍も黙るしかない。

「君はいいじゃないか」

と、筒見が藍の方へ、「何しろ有名人だからな。古巣の大手バス会社にでも戻ればどうだ？」

　藍はムッとして、

「私はこの〈すずめバス〉が好きなんです」

　と言った。

「しかしな、君は私が困って、〈幽霊ツアー〉をやってくれ、と頼んだのを拒んだ」

「だって……。インチキはいやだと言っただけです」

「君がもし引き受けてくれていたら、こんな事態は避けられたかもしれん」

「社長、それは……」

　と、藍がむくれて、「『幽霊がだめなら、バスの中でストリップでもやれ』とおっしゃったのも本気だったんですか？」

　君原が目を丸くして、

「本当にそんなことを？」

「本当よ」

「じゃ、僕も客になろう」

「君原さん！」

　と、藍がにらんだ。

「――ねえ、見て」

と、山名良子がTVを見て言った。「ほら、今話題の……」

「あ、大金持なのよね」

と、やはりバスガイドの常田エミが言った。

「でも、どこから来たのかよく分らないとか……」

TVの画面には、上品な紳士が映っている。

矢純公太郎《やずみこうたろう》。――〈謎《なぞ》の大富豪〉とマスコミは呼んでいた。

半ば白髪の、彫りの深い顔立ちは、少し外国の血が入っているのかと思わせる。

ともかくどこからともなく現われて、倒産しかかっていた企業を三つもたて続けに買収し、みごとに立て直してしまった。

「うちなんか、この人のポケットマネーで救われるのに」

と、山名良子がため息をつく。「――誰《だれ》か戸を開けた？　寒いわよ」

「これは失礼」

と、答える声がして……。

戸がガラッと閉って、立っていたのは――。

「あの……」

と、町田藍が立ち上って、「TVから抜け出して来られたんですか？」

みんなが啞然《あぜん》として、そこに本物の矢純公太郎が立っているのを眺めていた。

「ここは〈すずめバス〉だね？」

と、その紳士は言った。「今度、ここを買収することにしたのでね。よろしく」

しばし、誰も口をきかなかった。

「矢純公太郎だ。——一応今ちょっと話題になっているから、知っている人もいるかもしれないね」

と、コートを脱ぎながら事務所の奥の方へと入って行き、「——会社はこれだけかね？」

「町田君」

と、筒見が言った。「君が呼び出した幻か？」

「そんなことできませんよ、私！」

と、藍は言い返した。

「すると本物？　これは失礼しました！」

筒見はあわてて矢純の方へ飛んで行くと、「社長の筒見と申します！　お目にかかれて誠に光栄で——」

「社員は他にも？」

「いえ、これで全部です」

と、筒見は君原と飛田《とびた》の二人を紹介して、「共に優秀なドライバーです」

「女性三人はガイドかね？」

「はい、山名良子、常田エミ、それに町田藍です」

「なるほど」

「あの……矢純さん。買収するとおっしゃいましたが、この〈すずめバス〉は伝統と格式を誇るバス会社で、決して大手とは言えませんが、そのツアーの内容の充実と評判ではどこにも負けません」

藍は、筒見の言い分に半ば呆《あき》れつつ感心していた。まるで本当のように聞こえて来る。

「よく承知している」

と、矢純は肯《うなず》いて、「何も知らないで、企業一つ、買収はしないよ」

「ごもっともで」

「心配はいらない」

と、矢純は藍たちに呼びかけた。「誰もクビにはしない」

居合せたみんながホッと息をついた。

「では……あの……」

と、筒見が息を弾ませ、「〈すずめバス〉の再建を？」

「ああ」

と、矢純は肯いた。「ただし、一つ条件がある」

そのひと言で、誰もが凍りついてしまった。

そうだよな。そんなうまい話があるわけないんだ……。

「給料をこれ以上減らされては、食べていけません！」

と、飛田が悲痛な声を上げた。

「誰も、賃金カットなどとは言っとらん」

と、矢純が苦笑した。

「ではどういう——」

「簡単なことだ」

と、矢純は社長の椅子《いす》に腰をおろし、「ひどい椅子だな。もう少し座り心地のいいのと替えたまえ」

「明日にでも、早速」

と、筒見は即座に言った。

「条件というのは、この椅子に座る人間のことだ」

と、矢純公太郎は言った。

2 社長の椅子

「バスが来た！」

と、君原が叫んだ。「見ろよ！」

みんなが表に飛び出して来た。

明るい秋の日射《ひざ》しの下、真新しいバスはキラキラと輝いて見えた。

「きれい！」

と、常田エミが感激の声を上げる。

「本当に来た……」

山名良子は夢を見ているのではないかと自分の頬《ほ》っぺたをいやというほどつねって、

「キャッ！」

と、悲鳴を上げた。

「二台目も……」

飛田が涙ぐんで、「生きている内に、こんな光景が見られるなんて……」

新車のバス二台が、〈すずめバス〉の営業所の前に着いた。

「見て！　〈すずめバス〉のマークが新しい！」

と、エミはバスへ駆け寄り、車体のマークに頰《ほお》ずりした……。

何しろ、前のバスは〈すずめバス〉のマークも文字も消えかかって、〈すすのハス〉と読めたくらいである。

車体が引渡されると、君原と飛田が早速動かしてみる。

「ブレーキが軽い！」

「設備も段違いだ！」

まるで新しいオモチャに夢中の子供である。

——町田藍は、営業所の入口の所に立って、その光景を見ていた。

そこへ——一人だけ外へ出ていなかった筒見がやって来ると、

「お茶をおいれしましたが、社長」

と言った。

藍はため息をついて振り返ると、

「誰もそんなこと頼んでないじゃありませんか、社長」

「社長は君だ。矢純さんの命令だからな」

と、筒見はげっそりとやつれた顔で、「早速新社長のおかげでオンボロバスが二台とも買い替えてもらえて、みんな喜んどるよ」

藍としても、言うべき言葉がない。

矢純公太郎は、〈すずめバス〉を存続させる条件として、

「町田藍を社長にすること」

と言ったのである。

一番仰天したのは当の藍だ。しかし、逆らうわけにもいかず、今、社長の椅子――新しくなった――についている。

「矢純さんとじっくり話してみるわ」

と、藍はバスから降りて来た君原に言った。「どういうつもりなんだか……」

「いいじゃないか。早速、君の頼みでバスが二台とも新しくなった」

「別に私の力じゃないわ」

と、藍は言った。「ともかく、ツアーの企画を立てて、できるだけ早く営業を再開しないとね」

そのとき、目をみはるような長い車体のリムジンがやって来て停《と》まった。

「やあ、バスが着いたね」

と、降りて来たのは矢純だった。

「ありがとうございました」

と、藍が礼を言うと、

「車に乗りたまえ。話したいことがある」

「は……」

いやとも言えず、藍はそのままリムジンに乗り込んだ。

――ちょうどいい。藍は、なかなか矢純と二人で話す機会がなかったので、

「あの、矢純さん。お話が……」

「いいとも」

矢純はさすがにこういう車の中という姿が似合っている。

「バスを買い換えて下さったこと、本当に感謝しています」

「他に欲しいものは？」

「はあ。あの――社長は私でなければいけないのでしょうか」

と、藍は思い切って言った。「私はバスガイドです。バスに乗って、お客様と触れ合うのが好きなんです。社長では、そういうわけにもいきません」

矢純は黙って聞いている。

「――お気を悪くされると困るのですが、やはり社長は筒見の方が向いています」

と、藍は続けた。「筒見を社長に戻していただけないでしょうか」

しばらく矢純はなおも黙ったままだった。

――藍は、まずかったかな、と思った。

今は〈すずめバス〉を生かすも殺すも矢純の気持一つである。

だが、しばらくして矢純はニッコリ笑うと、

「やはり君は私の思っていた通りの人だ」

と言った。

「え？」

「少しも変らない。あのころのままだ」

藍は当惑しつつ、

「あの……以前にお会いしたことが？」

と訊《き》いた。

「君は憶《おぼ》えていないだろう」

と、矢純は言った。「もうずいぶん昔のことだ」

「といっても——私、まだ二十八なのですけど」

と、藍は言ったが、矢純は聞いていなかったようで、

「あれは私が中学生だった、五十何年か前のことだ」

と、懐しげに続けた。「私はそのころ体が弱くて、よく腕白な連中にやられていた。同じクラスに、しっかり者の女の子がいて、私をかばって、男の子たちとケンカしてくれた……」

「五十年以上前ですか……」

「私はその女の子に憧《あこが》れていた。とはいえ、好きだと言い出す度胸もない。その内、中学の三年生のとき、その女の子は転校して行ってしまった」

「そうですか」

昔話を聞いているのは楽である。

「そのときの女の子が、君だ」

藍は啞然《あぜん》として、

「さっき申し上げた通り、私はまだ二十八歳で……」

「分っているとも」

「ではどうして――」

「君はその子の『生れ変り』なのだ」

「はあ……」

「いや、会えて嬉《うれ》しいよ。生きている内に会えるとは思っていなかった」

と言いながら、矢純は涙ぐんでいる。

この人、大丈夫かしら！――藍は少々不安になった。

「あの、どこへ行くんでしょう？」

「うん、ちょっとお墓参りにね」

やがて車は郊外の静かな霊園に入って停った。

矢純について歩いて行く。

「――ここだ」

少し古びた墓石が立っている。

それを見て、藍は目をみはった。

〈町田藍之墓〉とあったのである。

「これって……」

「君の墓だよ、もちろん」

と、矢純は言った。

急に日がかげって、風が冷たく吹きつけて来た。

「冗談はやめて下さい」

と、藍は言ったが、笑えなかった。

「冗談ではないよ。これは間違いなく、君の墓だ」

「だって――私、生きてるんですよ!」

と、藍は叫ぶように言った。

「それは君の勘違いだ。君はもう死んでいるんだよ」

矢純が穏やかに言う。

「そんなわけありません!　私は生きてるんです!　死んでなんかいません!」

と、藍は激しく首を振って、「死んではいません！」

と、くり返した……。

「——どうしたね？　大丈夫か」

藍はハッと目を開けた。

車の中だ。では今のは……。

夢か……。

でも、あの吹きつけた風の冷たさまで、はっきりと憶えている。

「すみません……。眠ってしまうなんて」

「いやいや。くたびれているんだろう」

と矢純は微笑《ほほえ》んで言った。

藍は車の窓から外を見て、

「今——どこへ向ってるんですか？」

「ああ、ちょっと墓参りをしようと思ってね」

「え……」

「付合ってくれるかね」

藍は、少しためらってから、

「はい」

と肯いた。

車は郊外の木立ちの間を走り、やがて霊園の入口で停った。

車を降りて、藍は身震いした。風が冷たい。

そして、目の前の霊園はさっき夢の中に現われたのとそっくりだった。

「さあ、行こう」

矢純は花束を手に言った。

藍はただ黙ってついて行くしかなかった。

霊園の中を十分ほど歩き、矢純は古びた墓石の前で足を止めた。藍は見るのが怖かったが、思い切ってその墓石へ目をやると、〈矢純京子之墓〉とあった。

自分の墓でなかったことにホッとしながら、

「これは……」

「妻の墓だ」

と、矢純は言った。「線香を上げてやってくれるかね」

「はい、もちろん」

藍は手を合せて、目を閉じた。

ふと背後に何かの気配を感じ、目を開ける。

振り向く前に、藍はふっと気が遠くなり、目の前が暗くなるのを覚えた。

よろけ、何かにつかまろうとしたが、そのまま砂利の上に倒れた。

そして——何も分らなくなった。

3　祈り

「困ったもんだな」

と、筒見が言った。「社長が出かけたきり翌日になっても帰らないとはね」

「変ですね」

と、君原が言った。「ケータイも通じない。家にもいない」

「ま、〈すずめバス〉の救い主とどこかの温泉にでも浸《つ》かってるのさ」

と、筒見はすっかりふてくされている。

「そんな人じゃありませんよ」

と、君原は言った。

「でも、矢純さんの車に乗って行ったのは事実よ」

と、山名良子が言った。

「間違いをしでかすような人じゃないわ」

と、エミが言った。

「まあ、社長だからな。別に休もうが遅刻しようが……」

と、筒見が言いかけたとき、営業所の戸がガラッと開いた。

「今までどこに――」

と、筒見は言いかけたが、「やあ、君は確か……」

「真由美ちゃんじゃないか」

と、君原は言った。

〈すずめバス〉の常連客の最年少、高校生の遠藤真由美だった。しかし青ざめて、普通ではない。

「藍さんは?」

「昨日出かけて帰って来ないんだ」

それを聞くと、真由美は一瞬よろけて、

「じゃあ、本当に……」

と、胸を押える。

「どうしたんだ?」

君原はびっくりして言った。

「電話があったの……。N市の警察から」

「警察?」

「N市の霊園の中で倒れてる女性がいて、持ってた手帳に私の名と電話番号が……。藍さんらしいの」

「何だって? じゃ——今はどこに? 入院したのかい?」

真由美は涙を拭《ぬぐ》って、

「もう……亡くなってた、って……」

——営業所の中は静まり返った。


白い布がめくられると——青白い顔で目を閉じた藍が現われた。

「昨日の服のままだ」

と、君原が呟《つぶや》く。

「藍さん! どうして……」

真由美がすがるようにして泣きながら、「死んじゃいやだ!」

「死因がはっきりしないのでね」

と、警官が言った。「司法解剖することになります。ご家族は?」

「今はちょっと……」

と、君原は言った。

真由美は、藍の顔に手を触れ、

「本当に死んでるんですか？」

「間違いないよ」

「でも……こんなに穏やかで……」

真由美は藍の胸に顔を伏せて泣いた。

君原と二人で、ここへやって来たのである。

君原は警官と話をしていた。

そのとき——。

「真由美ちゃん！」

と、声がして、

「——え？」

真由美は涙に濡《ぬ》れた顔を上げた。

今の声って……。

「藍さん？」

「連れて行って！」

と、その声は真由美の頭の中で響いた。

「どこへ？」

「私が倒れていた場所へ、連れて行って」

真由美は立ち上ると、藍の顔をじっと見下ろした。

幻聴か？　でも、確かに聞いた。

「君原さん！」

と、真由美は言った。「今、藍さんの声がした！」

「何だって？」

「倒れてた所へ連れてって、って！　運びましょう」

「おい、待てよ」

警官があわてて、「勝手に動かしちゃいかん！」

「この人は死んでないんです！」

「何だって？」

「お願いです、倒れていた場所へ」

「いかん！　間違いなく死んでるんだ」

「でも――」

「くどい！」

真由美は大きく息を吸い込むと、

「分りました」

と言うなり、拳《こぶし》を固めて、警官の顎《あご》を一撃した。

警官が大の字になってのびてしまう。

「おい……」

君原が目をむいた。

「私、ボクシングやってるの。——藍さんを連れて行こう！」

「分ったよ」

君原は、藍を背負うと、「ともかく、その霊園に行けば、どこだか分るだろう」

「急ぎましょ！」

「刑務所かな、これで」

「出所したら、結婚してあげる！」

と、真由美は言った。「急いで！」

霊園の事務所で訊くと、すぐに場所は分った。

車で中へ入れるので、言われた区画を捜してゆっくりと走らせ、

「あそこだわ！」

と、真由美が指さす。

車を停《と》めて、君原は藍の体を背負って、〈矢純京子之墓〉の前まで運んだ。

「——矢純京子か。あの矢純さんの奥さんかな」

「〈すずめバス〉を買収した人？」

「うん。——ここへ下ろすか」

「倒れていた場所に」

霊園の、発見者だった人から聞いた通りに藍を砂利の上に横たえた。

「——藍さん、連れて来たよ」

真由美は膝《ひざ》をつき、話しかけた。「返事して！　お願いよ」

しばらくは何ごともなかった。

真由美はじっと藍の手を握りしめていたが……。

「——手が暖かい」

「何だって？」

「見て！　頰に赤みが」

「ああ、本当だ」

「藍さん！　戻って来て！　藍さん！」

と、必死で呼びかける。

そのとき、パトカーが走って来て停った。

「おい、貴様！」

と、あの警官がやって来る。「公務執行妨害で逮捕する！」

「待って下さい。今——」

「ふざけるな！」

と、もめているとき、藍の胸が大きく上下した。

「藍さん！」

何度か深く呼吸すると、藍は目を開けて、少し当惑したように真由美を見た。

「藍さん！　良かった！」

「真由美ちゃん……」

「大丈夫？」

「起して……。ありがとう」

起き上った藍を見て、警官が仰天して腰を抜かした。

「立てる？」

「ええ、何とか……」

藍は支えられて立ち上ると、「矢純さんは？」

「ここにはいない」

「行かなきゃ。——君原さん、車、ある？」

「ああ」

「矢純さんの家へ」

「分った。――そう簡単には死なないと思ってたよ、君は」

君原はニヤリとして、「じゃ、失礼」

と、座り込んでいる警官へと声をかけた……。


「生れ変り？」

車の中で、真由美は藍の話を聞いて、「そんなことってあるの？」

「さあね。でも、矢純さんは信じてた」

「じゃ、〈すずめバス〉を買収したのも？」

「奥さんが、矢純さんの持っている会社の社長さんだったの。私を社長にして、できるだけ条件を似せたのね。そして墓の前で私に睡眠薬を注射した……」

「その京子さんって人が――」

「私の命を奪って行ったのよ。でも、真由美ちゃんが呼び戻してくれた」

「藍さんが呼びかけたのよ」

「必死で抵抗してたの。この世にしがみついて。でも、もう少しで諦《あきら》めるところだった」

君原が、

「この辺か？」

　と訊く。

「右のマンションだわ」

「来たことあるの？」

「ないわ。でも、京子さんの記憶を共有したから」

　車がマンションの前へ着く。

　受付で、

「矢純さんが倒れてるかもしれないんです」

　と、藍は言った。

　受付の女性が部屋へ電話しても、誰も出なかった。

　マスターキーを持った管理人と一緒に、矢純の部屋へ向った。

「――矢純さん」

　と、ドアを開け、「お邪魔します。――矢純さん？」

　藍は上り込んで、

「寝室だわ」

　と、奥へ入って行く。

　寝室のドアを開けて、藍は足を止めた。

「矢純さん……」

広いベッドで、矢純は眠るように死んでいた。――白骨が寄り添って、矢純を抱くように腕を彼の胸にのせていた。


「社長。――企画はまとまりましたか」

と、藍は言った。

「うむ」

筒見はメモを取り上げて、「〈名物バスガイドと行く、生れ変りツアー〉。〈死から生還したバスガイド！　臨死体験を聞く！〉。〈生きるか死ぬか！　生命保証せず！　命がけの墓地めぐり〉……」

「もういいです」

藍はため息をついて、「でも、バスだけでも新しくなって良かったです」

「ああ。木の葉にでもなるかと思った」

「タヌキじゃないんですから」

藍は伸びをして、「じゃ、行って来ます」

「何のツアーだ？」

「〈東京公園巡り〉ですよ」

「つまらん！」

と、筒見は顔をしかめて、「よし！　名プランを考えてやる！」

藍は早々に営業所から逃げ出したのだった……。

解説――幽霊と話せるだけの、平凡なヒロインの非凡な魅力

大矢博子

「怪異名所巡り」シリーズ、第四弾をお届けします。

霊感バスガイドの町田藍《まちだあい》をはじめ、〈すずめバス〉の面々も、幽霊マニアの女子高生・真由美《まゆみ》も、もうすっかりお馴染《なじ》みになりました。

あ、「じゃあ一作目から順に読まなくちゃ」と思ってこの本を棚に戻しかけたあなた、その心配はいりませんよ。このシリーズは一話完結で、毎回簡単に設定を紹介してくれるので、どこから読んでも大丈夫ですからね。

ヒロインの町田藍は二十八歳、独身。もともとは大手観光バス会社のバスガイドでしたがリストラに遭い、現在は弱小の〈すずめバス〉に勤務しています。

彼女は霊感が強く、「幽霊と話ができる」という特技があるため、彼女が添乗するツアーは本物の幽霊に会えると大人気。でも幽霊だって、ただそこに居るだけじゃない。幽霊になった事情というものがあるわけで、彼らと話のできる藍は毎回、幽霊たちにまつわる謎《なぞ》や怪奇に挑戦するハメになる――というのがいつものパターン。

悲しみや未練を残して死んだ幽霊が出てくるにも拘《かか》わらず、カラっとしていて読み心地のいい物語であること、幽霊が出てくるとは言いながらも語られるのは私たちのごく身近で感情移入しやすいリアルな事件であることなど、本シリーズには幽霊譚《ゆうれいたん》としての魅力やミステリとしての面白さが満ちています。が、それらは過去三作の文庫解説で既に詳しく紹介されているので、ここでは、ヒロイン町田藍に注目してみましょう。

私はかねてより感じていたのですが、町田藍は、赤川次郎作品に登場するシリーズキャラクタの中で、最も女性読者の共感を呼ぶヒロインなのではないかしら。

赤川さんには実に多くのシリーズがあるけれど、そこに描かれるヒロインには「明るくて、芯《しん》が強い」という共通した特徴があります。その上で、それぞれのヒロインの魅力を更に増すような個性が与えられているわけです。

たとえば、自信家で奔放、恋にも推理にも積極的な幽霊シリーズの永井夕子《ながいゆうこ》（文春文庫）。しっかりした性分からやたらと人に頼られ、不幸とトラブルの多重攻撃に立ち向かう杉原爽香《すぎはらさやか》（光文社文庫）。上から順にうっかり・しっかり・ちゃっかりの三姉妹探偵団（講談社文庫）、吸血鬼シリーズ（集英社コバルト文庫、集英社文庫）の神代《かみしろ》エリカは人間と吸血鬼のハーフ。三毛猫ホームズ（角川文庫、光文社文庫）に至っては猫よ、猫。

翻《ひるがえ》って、町田藍を見てみると。霊感というのを除けば、驚くほど、普通。作中、特に美人だと書かれている箇所もない。恋愛に関しても、積極的でも消極的でもない。イケメン運転手の君原《きみはら》とどうにかなるのかなと思っていたら、まったくちっともどうにもならない（むしろ君原には別の方向で何かがありそうな気配なのだが、それはまた別の話）。

シリーズ一作目『神隠し三人娘』所収の「未練橋《みれんばし》のたもとで」で、妻子のいる男性と危うくなりかけるのをすんでのところで自制したり、本書所収の「哀《かな》しいほどに愛《いと》おしく」ではイイ感じの男性のお客さんから食事に誘われ、わくわくしながら出かけたりという、年頃《としごろ》の女性には当たり前の、ごく普通の健全な恋愛観を持っている。

仕事ぶりも同様。思いつきでものを言う上司に怒ったり辟易《へきえき》したりしながらも、仕事には真摯《しんし》に向き合い責任を持ってきちんとこなす。どんなときにもお客様の安全を第一に考え、お客様の楽しみとツアー場所を提供してくれた側への気遣いを両立させる。うん、このあたり、プロだなあ。

けれど決してスーパーレディじゃないんですよね。料理をするのが面倒でコンビニ弁当を買って帰ったり、宅配便程度の来客なら寝間着のままで玄関に出たり、プライドより食欲を優先させちゃったり、楽しそうな学生たちを見て「いいわね、大学生はヒマで」と愚痴を言ったりする。

つまり町田藍は、永井夕子ほど自信家でも積極的でもなく、杉原爽香ほどすべてを背負い込むタイプでもなく、三姉妹ほど一方に突出した性格づけがなされているわけでもない。霊感という点さえ除けば、ごくごく普通で、ある意味、小説のシリーズキャラクタとしては個性が無さ過ぎると言ってもいいほど。

けれど大半の読者は、永井夕子のように自信は持てないし、杉原爽香のように強くもなれない。一方、とびきりの美人でもなく、仕事は真面目《まじめ》にこなしてるのに給料は上がらず、コンビニ弁当を買ったり、お休みの日は昼まで寝ていたり、なかなかロマンスにも出会えなかったり、自分の失敗にヘコんだりする町田藍は、とても身近な女性像。身近というより「これ、私と同じなんじゃ？」とすら思えます。女性読者の共感を呼ぶと書いた理由はそこにあるんです。

では吸血鬼というだけの普通の女性、神代エリカと同じではないか、と思われるかもしれませんね。しかしエリカと藍の間には決定的な違いがあることにお気づきでしょうか？　エリカが吸血鬼であることを隠しているのに対し、藍は自分の「霊感がある」「幽霊と話せる」といった特技（？）を、別に秘密にしてはいないんです。

もちろん自慢したりひけらかしたりはしません。むしろ騒がれたくないし、幽霊ともできれば関わりあいになりたくない。でもそれで誰《だれ》かが喜び、誰かが助かるのなら、自分の力を役立てることを拒まない。

つまり、自然体である、ということ。

持って生まれた霊感という、ある意味センセーショナルな能力を、ただあるがままに認めている。霊感のある自分を、特別なものとは考えてないんですね。

そして、他人に何を言われても気にせず、自分がすべきと思ったことをする。

本書の一編目「嘘《うそ》つきは英雄の始まり」の中で、「死んだ人間と話ができるというのは、今の世の中の秩序を乱す恐れがあるんだよ」と藍を非難する政治家に向かい、こう反論するシーンがあります。

「今私たちが生きているのは、死んで行った人たちのおかげです。死んだ人間が邪魔だなんて、高慢というものです」

ごくごく普通の二十八歳の女性が、相手によって態度を変えることなく、どんなときでも自分の信念を曲げずに、正しいと思ったことを言う。また「誘惑の甘き香り」では、身投げを目撃し、後先考えず海に飛び込むという場面もあります。決してスーパーヒロインではなく、海で濡《ぬ》れた服の着替えに文句を言ったりするような、読者が自己投影できる身近な女性が見せる強さだからこそ、いっそう読者の心に響くわけです。

霊感があるというのは、それが人助けにつながるのなら大きな長所ですが、厄介事に巻き込まれるという点では短所でもあるでしょう。そして、そういう「長所でもあるけど短所にもなる」というものは、誰しも持っているもの。心あたり、あるでしょう？

それを「長所だから自慢」「短所だから隠す」と考えるのではなく、「それも私」だと受け入れることが出来れば、どれほど楽になるかを、藍は教えてくれます。

私たちは、永井夕子や杉原爽香にはなれないかもしれないけど、町田藍にはなれるんです。自分の仕事が好きで、同僚が好きで、長所も短所もひっくるめて自分らしく暮らすこと。落ち込むときもあるし、嫌なことだってあるけど、好きな仕事に熱中して、友達と他愛無い話をして笑って、「いろいろあるけど、今日も元気にいきましょう！」と一日を始めること。それが〈町田藍クオリティ〉です。

本書には、コンビニの鏡の中に住む少女の幽霊の過去を探る「嘘つきは英雄の始まり」、関わると不幸になるという女性を救う「厄病神も神のうち」、死んだ後も息子の世話をしたがる母親を描いた「哀しいほどに愛おしく」、出来心の浮気がとんでもない結果を招くホラーテイストの「誘惑の甘き香り」、そして藍が殺されてしまう（！）「メサイア来たりて」の五作が収録されています。素《す》っ頓狂《とんきょう》だったり、哀しかったり、ゾクリとしたりとバラエティに富んでいますが、明るい読み心地と前向きな読後感は共通。

本書を開いて、町田藍と一緒に、「普通であること」「自然であること」の強さ・楽しさを、どうか存分に味わって戴きたいと思います。

この作品は、二〇〇七年七月、集英社より単行本として刊行されました。

集英社文庫
赤川次郎の本

哀しみの終着駅
怪異名所巡り 3

「しゅうちゃく駅」という駅で、
男が恋人を絞め殺す事件が起きた。
「すずめバス」では別れたいカップルを集めて
「愛の終着駅ツアー」を企画するが……？

集英社文庫

厄病神《やくびょうがみ》も神《かみ》のうち　怪異名所巡《かいいめいしょめぐ》り4

2010年10月25日　第1刷　　定価はカバーに表示してあります。
2020年8月25日　第2刷

著　者　赤川次郎《あかがわじろう》

発行者　徳永　真

発行所　株式会社　集英社
東京都千代田区一ツ橋2-5-10　〒101-8050
電話　【編集部】03-3230-6095
【読者係】03-3230-6080
【販売部】03-3230-6393（書店専用）

印　刷　凸版印刷株式会社

製　本　加藤製本株式会社

フォーマットデザイン　アリヤマデザインストア　　マークデザイン　居山浩二

ISBN978-4-08-746620-1 C0193